Harald Weiß - *Todessehnen und Lebenssucht*

# PANICO

Harald Weiß

# Todessehnen und Lebenssucht

ISBN 978-3-936740-62-2

Bilder Titel: Peter Mathis
Bild Seite 6: Charly Wehrle

1. Auflage 2009

ISBN 978-3-936740-62-2

© by    Panico Alpinverlag
        Golterstrasse 12
        D-73257 Köngen
        Tel.   (0 70 24) 8 27 80
        Fax.   (0 70 24) 8 43 77
        e-mail: alpinverlag@panico.de

printed  Druckerei Steinmeier GmbH & Co.KG
         Gewerbepark 6
         86738 Deiningen
         info@steinmeier.net

# Inhalt

Epilog . . . . . . . . . . . . . . . . . . . . . . . . . . . . . . . . . .9
Zwei Tote mehr . . . . . . . . . . . . . . . . . . . . . . . . . . . .12
6 am Schneck. . . . . . . . . . . . . . . . . . . . . . . . . . . . . .17
18. Dezember 2004 - 6959 m . . . . . . . . . . . . . . . . . . .22
Action Grand . . . . . . . . . . . . . . . . . . . . . . . . . . . . . .26
Auf Skitour . . . . . . . . . . . . . . . . . . . . . . . . . . . . . . .34
Bergsteigen bis zum Gipfel 2 . . . . . . . . . . . . . . . . . . .41
Auge um Auge. . . . . . . . . . . . . . . . . . . . . . . . . . . . . .44
Brentanebel . . . . . . . . . . . . . . . . . . . . . . . . . . . . . . .55
Campanile Schnitzel Alto . . . . . . . . . . . . . . . . . . . . . .65
Die Unfähigkeit zu bouldern,
die sich in dessen Geringschätzung äußert . . . . . . . . . . . .69
Gewitter über der Fiames . . . . . . . . . . . . . . . . . . . . . .74
Innominata . . . . . . . . . . . . . . . . . . . . . . . . . . . . . . . .78
Plumps und Zack. . . . . . . . . . . . . . . . . . . . . . . . . . . .87
Zug um Zug spitze. . . . . . . . . . . . . . . . . . . . . . . . . . .91
Viva Via Barbara . . . . . . . . . . . . . . . . . . . . . . . . . . . .96
Nie oben . . . . . . . . . . . . . . . . . . . . . . . . . . . . . . . . .104
Der Haken am Rost . . . . . . . . . . . . . . . . . . . . . . . . . .108
HeiMinkeiHi. . . . . . . . . . . . . . . . . . . . . . . . . . . . . . .111
Die hohe Wand. . . . . . . . . . . . . . . . . . . . . . . . . . . . .120
Tempus fugit . . . . . . . . . . . . . . . . . . . . . . . . . . . . . .126
Peter und Marion . . . . . . . . . . . . . . . . . . . . . . . . . . .133
Des Kaisers neue Zeiten . . . . . . . . . . . . . . . . . . . . . . .147
Vom Kirchturm auf den Höllenhund . . . . . . . . . . . . . . .156

*Gewidmet ist dies Buch all denen,*
*deren Herzen wir Kletterer mit der Schwere der Felsen,*
*an denen wir unser Leben suchen, belasten.*

# Epilog

Lieber Leser,

es tut mir außerordentlich leid, wenn ich dich dadurch verwirrt habe, dass dieses Buch mit dem Wort ‚Epilog‘ beginnt. Der Verleger wird es dir danken, wenn du ihn nicht ob seiner Unfähigkeit, ein Buch ordentlich zu lektorieren, schiltst. Denn deine Schelte wäre ungerecht dem Verleger gegenüber, der so gänzlich unschuldig daran ist, dass dieses Buch nicht mit dem Vorwort, sondern mit dem Nachwort beginnt.

Wirf deine ganze Verwirrung und deinen ganzen Ärger über das deiner Meinung nach schon im Anfang falsche Buch auf mich, der ich diesen Epilog zu verantworten habe. Ich, Harald Weiß, bin der alleinige Verursacher dieser anfänglichen Fehlerhaftigkeit! Ich allein bin schuld darin, wenn du nach diesem verfehlten Anfang auch der Richtigkeit alles Weiteren misstraust, wenn du, lieber Leser, in jeder erzählten Geschichte, in jedem Satz dieses Buchs Lug und Betrug witterst. Ich will dir sagen, mein Freund, deine Witterung ist wenig schlechter als die des Finanzamtes, das nach dem Steuerhinterzieher sucht und ihn bei dir und bei mir, aber nicht bei dem Großen, Dicken vor seiner Nase findet. So wahr die Geschichten dieses Buches sind, so richtig steht der ‚Epilog‘ am Anfang und nicht am Schluss.

Je älter man wird, desto stärker verschwimmen die Begriffe ‚wahr‘, ‚unwahr‘, ‚richtig‘ und ‚falsch‘. Je länger man auf dieser Welt lebt, desto häufiger macht man die Erfahrung, dass häufig Falsches als Wahrheit verkauft und Richtiges als unwahr beurteilt wird. Das Alter verändert eben nicht nur den Körper, es verändert auch die Wahrnehmung der Welt, in der dieser

Körper lebt. Durch die Wahrnehmung der Welt wiederum verändert sich auch die Sprache, durch die der Körper in Kontakt zu der Welt, in der er lebt, tritt.

Vergleicht man beispielsweise die Sprache von alten Kletterern mit der Sprache von jungen Kletterern, so fällt auf, dass alte Kletterer häufiger den konditionalen Konjunktiv verwenden, während junge Kletterer den Indikativ bevorzugen. Junge Kletterer sagen: „Ich klettere". Alte Kletterer dagegen sagen: "Ich würde ja, klettern, wenn ...

- ich Zeit hätte
- ich mich nicht um meine Familie, Eltern, Garten, Gartenzwerge, Katze kümmern müsste
- mein Rücken nicht so schmerzen würde."

Neben der Konjunktivierung lässt sich bei zunehmendem Alter auch eine Imperfektisierung der Kletterersprache feststellen. In Anbetracht der kleinen Zukunft, die ein alter Kletterer noch vor sich hat, im Vergleich zur großen Vergangenheit, die bereits hinter ihm liegt, hat die Zeitform des Futurums dem immer größer werdenden Imperfekt wenig entgegenzusetzen. Ein alter Kletterer sagt nicht mehr: „Nächstes Jahr werde ich ...

- den Eiger machen
- die ‚Action directe' klettern",

sondern: „Letzten Sommer ...

- war der Eiger einfach zu gefährlich
- war die ‚Action directe' viel zu nass".

Da ich selbst sowohl altere als auch Kletterer bin, hat die Konjunktivierung und Imperfektisierung auch meine Sprache erfasst. Und wie ich mit Erschrecken feststelle, nicht nur meine Sprache, sondern auch mich selbst. Von Tag zu Tag werde ich konjunktiver und imperfekter. Nicht mehr lange und ich bin nur noch ein ‚Wäre gewesen'. Gegen diese düstere Realität hilft nur die Fiktion. Was ich selbst nicht erlebt habe und nicht mehr erleben werde, erschaffe ich mir in einer Phantasiewelt. Je weniger ich in meinem eigenen Leben gestalten kann, desto stärker drängt es mich, Figuren und Ereignisse zu erfinden.

Auf der Schwelle zwischen eigenem Erleben und fiktionalem Gestalten bewegen sich die folgenden Geschichten.

## Zwei Tote mehr

Nein, es ist noch nicht genug des Stürzens und Sterbens. Selbst wenn ich meine Ohren versiegelte und meine Augen von allem Licht trennte, müsste ich doch immer von Neuem die verstummten und erloschenen Freunde hören und sehen, von neuen Unglücksfällen erfahren. Ein Unglück ist und bleibt es. Wenn nicht für den Abgestürzten, dann für die Nicht-Abgestürzten. Sie fallen weiter als der Tote. Er fällt nur für Sekunden, die Zurückgelassenen fallen ihr ganzes Leben. Der Gestürzte reklamierte für sich das Recht und das Bedürfnis, dorthin gehen zu dürfen, wo eine große Chance besteht, nicht mehr zurückzukehren. Er nahm und nimmt sich die Freiheit, freiwillig oder unfreiwillig sterben zu dürfen. Er darf gehen und nicht mehr zurückkommen und die Zurückbleibenden müssen mit seinem Tod zurechtkommen. Er lässt nicht für die, die ihn lieben, sein Leben; aber die, die ihn lieben und die er zurücklässt, bringt er um einen Teil ihres Lebens!

Stefan, unverheiratet, kinderlos. Seine Freundin war nicht mehr seine Freundin. Es hatte mit den Kindern, die es nicht gab, zu tun. Paula, verheiratet, zwei Kinder, davon eines noch in den Windeln. Ihren Mann sah ich selten. Wie oft sie ihn sah, weiß ich nicht. Mit Stefan war ich oberhalb der Fonda Savio Hütte in den Dolomiten geklettert. Ich kann mich gut daran erinnern, wie ich am Abend nach der Klettertour von einem Summit-Club-Bergführer und dem Hüttenwirt zum Rapport bestellt worden war. Beiden lag berechtigterweise ihre Kundschaft am Herzen, die sie durch meine und Stefans Aktionen ernsthaft gefährdet sahen. Stefan hatte in der Klettertour die Beweglichkeit eines Felsturmes nicht wahrgenommen, diesen kurzzeitig als Tritt benutzt, woraufhin der Felsturm mit lautem Gepolter in die Tiefe donnerte und auf dem Wanderweg unter uns zerschellte. Die Wanderer auf dem Weg hätten sicher keinen der vorzüglichen Apfelstrudel auf der Hütte mehr verzehren können, wenn sie Stefans Turmtritt erwischt hätte. Stefan gehörte zur Gruppe der Menschen, die sich über solche Dinge wenig den Kopf zerbrechen. Er war vornehmlich damit beschäftigt gewesen, nicht selbst in die Tiefe abzugehen und hatte daher keinen Gedanken für Wanderer frei, die öfter an alpine Gefahren wie Steinschlag als an körperliche Genüsse wie Apfelstrudel denken sollten. Stefan war groß und kräftig. Und er war ein Polterer. Was ihn störte, mahnte er lautstark und vehement an. Und er war ein fröhlicher, verlässlicher und herzensguter Mensch. Ein Sarg umgab ihn, als ich ihn wieder sah. Von seiner Lebensfreude drang nichts durch das dicke Holz. Viele Tränen sah ich fließen. Sein Tod war einsam, wie er einsamer nicht sein kann. Ich weiß nicht, ob sein Tod ein Spiegelbild seines Lebens war. Ich spürte keine Einsamkeit in ihm, als ich ihn noch im Leben sah.

Wie lange muss er dort gelegen haben, wohin es ihn schlug? Wer hat ihn vermisst? Musste er sterben, weil es niemanden gab, der ihn früher vermisst hatte; weil es niemanden gab, der ihn vermisst hatte, als er noch lebte? Niemand hatte ihn erwartet, außer seine Kollegen auf der Arbeit. Keine Frau, keine Kinder hatten sich Sonntagabend Sorgen gemacht. Hätte es sie gegeben, hätte er noch geatmet, als sie dachten, „wo bleibt Stefan bloß?" Kalt wäre ihm schon gewesen, erbärmlich kalt, wenn seine Frau bei der Polizei angerufen hätte. Er konnte ja die Arme nicht mehr bewegen, konnte sich keine Jacke aus dem Rucksack holen. Auch die Beine konnte er nicht mehr bewegen; er schrie vor Schmerzen, weil sein ganzer Leib zerbrochen war und sein Herz, weil seine Geliebten so unendlich weit weg waren. Hätte es diese Geliebten gegeben, so wäre noch warmes Blut in ihm gewesen, als der Hubschrauber über ihm kreiste. Als man ihn auf der Arbeit vermisste, war es zu spät. Die Menschen, die ihn vermissten, waren ihm nicht nah genug, um ihn noch rechtzeitig ins Leben zurückholen zu können. Schon ehe sich Stefan für immer entfernte, war niemand mehr nah genug gewesen. Aus der Ferne entfernte er sich.

Paula war von ansteckender Freude. Als sie ging, verlor die Welt an Wärme. Einen Rest davon hat sie ihren Freunden und ihrer Familie zurückgelassen. Nur so können wir ohne sie weiterleben. Wie ihr Antrieb zu klettern ein anderer war als Stefans, so war auch ihr Tod ein anderer. Ich kletterte mit ihr an den Felsen der Pfalz, saß mit ihr beim Frühstück in Südfrankreich. Jedes Mal, wenn ich in Stuttgart die Reinsburgstraße hinauf fahre, sehe ich nach dem italienischen Restaurant, das Paula mir empfohlen hat. Ich bin nie dort gewesen.

Ich war nicht bei ihrer Beerdigung, war nicht bei ihr, als sie starb, habe seit ihrem Tod ihre Kinder nicht und ihren Mann nicht mehr gesehen. Ich habe nie Abschied von ihr genommen. Sie starb in der Sonne. Dort ist ihre Wärme geblieben, als sie von Wasser umspült wurde. Ihre Augen blickten erstarrt auf den Grund des Meeres. Stille. Die See schluckt das gellende Schreien der Menschen, die im Leben zurück geblieben sind. Sie schreien gegen diesen Tod an, der nicht sein kann, weil er nicht sein darf, weil es ihn nicht gibt, nicht geben darf, nicht hier, nicht jetzt, nicht für Paula. Sie schreien vergeblich gegen einen Tod an, der sich geholt hat, was er haben wollte: Wärme und Liebe. Wo sie eben noch saß, ist nur noch brennende Leere. Sie saß und schaute aufs Meer; sah die Weite und Tiefe des Meers, die warme Sonne am Himmel. Sie lachte und starb.

Über ihr kletterte ein Freund, neben ihr sicherte eine Freundin. Der Freund stürzte und die Freundin hielt. Der Freund schlug auf das Lachen. Das Lachen krachte, die Wirbelsäule brach, und Paula war nicht mehr am Leben. Über ihrem toten Körper brandete das Meer.

Ich habe noch immer ihre Nummer in meinem Telefonbüchlein. Ich werde sie nicht ausradieren, damit ich Paula im Leben halte. Ich bewahre ihre Telefonnummer auf, damit ich sie anrufen kann, was ich nie tun werde. Würde ich ihre Nummer wählen, wäre es unausweichlich, dass Paula nicht abnimmt. Dann müsste ich akzeptieren, dass Paula nicht mehr lebt. Wähle ich ihre Nummer nicht, erhalte ich mir den Traum, dass Paula den Telefonhörer abnimmt, wenn ich sie anrufe. Hole ich die im Traum realistische Potentialität in die Realität, stirbt mit dem Traum auch Paula. Ich will aber diesen Traum träumen, weil ich den Tod von mir fernhalten muss. Er ist mir zu fremd, als dass ich seine Gegenwart aushalten könnte. Und trotzdem zieht er mich an, dieser Tod. Ich muss über ihn schreiben, ich muss an ihn denken, ich will in sicherer Entfernung seinen Hauch spüren. Was mir in seiner Bezogenheit auf mich und in seiner Nähe unfassbar bleibt, das versuche ich in seiner Bezogenheit auf andere verstehen zu lernen. Doch weder gelingt der Transfer, noch akzeptiere ich, dass der Transfer nicht gelingt. Indem ich mir den Tod anderer zu Herzen nehme, kommt mir mein eigener Tod kein bisschen näher. Aus dem Versuch, mit dem Tod anderer umzugehen, lerne ich absolut nichts über den Umgang mit dem eigenen Tod. Selbst das Nicht-Lernen lerne ich nicht. Die Angst vor dem eigenen Tod ist so groß, dass sie selbst im Hoffnungslosen einen Hoffnungsschimmer sehen will.

Wird deshalb der Bergsteigertod gerade von denen heroisiert, die ihn selbst ständig vor Augen haben müssten? Kann man die Angst vor dem eigenen Tod nur dadurch klein halten, dass man sich vormacht, dass es ein großer Tod ist, den die anderen gestorben sind? Untermauert das egozentrische Bestreben, den Tod anderer für die eigene Todesangst nutzbar zu machen, die Egozentrik des Bergsteigers in der Rechtfertigung des eigenen Tuns? Diese Fragen zu stellen ist wichtig, aber kein Ausweg aus meiner Ichbezogenheit, solange ich noch bereit bin, Risiken außerhalb des Alltags einzugehen, die ich im Alltag nie eingehen würde. Ich muss lernen, nicht nur zu sehen, dass meine Entscheidungen und mein Tun auch andere berühren, im Leben wie im Sterben. Und ich muss lernen, dass andere Menschen nicht nur für mich leben und sterben, sondern auch für sich.

## 6 am Schneck

In sicherem Abstand von der Wand legte ich mich zwischen Steine und Grasreste und schlief ein. Die Müdigkeit wurde zur Rechtfertigung für den frühzeitigen Abbruch der Kletterei. Die Erklärungen für die Müdigkeit blieben aus, da es sich um Sex und ähnliche unartikulierte Bergsteiger-Tabu-Themen handelte. Warum sollte ich auch irgendetwas erklären, wo es sich so angenehm dahindöst auf diesem einsamen Wiesenfeld unter der Schneck Ostwand, die von klugen Kletterern gemieden, von heldenhaften Kletterern lautstark gesucht, in Wahrheit von den heldenhaften nicht weniger als von den klugen gefürchtet wird. Man sollte dem Schneck nicht näher kommen, als bis man ihn so sieht, dass man versteht, warum er den Namen ,Schneck' trägt. Kommt man ihm zu nahe, wird aus der Felsschnecke, die weit droben über die Allgäuer Berge kriecht und ihre Fühler im Föhnwind wiegt, ein gewöhnlicher Hügel mit einem Gras- und einem Felsgesicht.

Ich lag im Gras unter einer Wand, die sich verändert wie ein Traumbild. Ich schloss die Augen und entglitt in einen Schlaf, für den schon Bilder und Töne zu viel der Anstrengung sind. Ich hatte in der Nacht kaum geschlafen. Nachdem ich nicht geschlafen hatte, musste ich aufstehen, um rechtzeitig dorthin zu kommen, wo ich jetzt schlief. Da eine Begehung der Schneck-Ostwand mehr erfordert als keinen Schlaf, seilten wir nach zwanzig Metern wieder ab. Das Abseilen war nicht weniger beängstigend als das Hinaufklettern. Zwar beteuerten die guten neuen Haken die Unbegründetheit jedweder Angst, doch ist der Schneck kein Berg, der sich durch Haken seiner angsteinflößenden Wirkung berauben ließe. Ganz gleich, ob guter neuer oder schlechter alter Haken – wenn es den Schneck juckt, spuckt er den Haken aus, zusammen mit einer Schuppe aus seiner Felsenhaut. Die Wiese ist weich. Das regelmäßige Abplatzen der äußeren Hautschichten des Schneck erreicht nicht einmal meinen traumlosen Schlaf. Was herunterstürzt, rollt nicht weiter als bis zum Tal des Todes, wie ich die Senke hinter meinem Ruheplatz taufe. Dort sammeln sich Haut- und Fleischreste von Berg und Mensch. Dass ich quasi nichts über die Ursache meines Schlafmangels schreibe, liegt daran, dass ich nicht in der Lage bin, dieses Thema zu thematisieren. Sex ist kein Thema für Bergsteiger, weil es substituiert wird. Ich könnte mich über das Thema ‚Substitution' auslassen, nicht aber über Sex. Wir Bergsteiger sprechen nicht über Sex, wir sprechen über Berge! Wir sprechen über die Schwierigkeiten von Besteigungen, über das Scheitern und das Nachlassen der physischen und psychischen Kräfte. Über Sex sprechen wir nie. Als Gesprächsthema wird es ersetzt durch das Thema Bergsteigen (Klettern, Bouldern, ... was auch immer). Ob wir das, worüber wir nicht sprechen, auch nicht leben, ist eine andere Frage. Sicher ist aber, dass niemand von einer Gesprächsbrache auf ein blühendes und mannigfache Frucht bringendes Feld schließen wird. Dennoch bedeutet Gesprächsbrache nicht automatisch Nichtexistenz. Dafür ist selbst der Bergsteiger zu sehr biologischer Mensch und Mann. Er ist zwar, ähnlich dem Asket und Anachoret, bis zu einem bestimmten Grad in der Lage, seine biologisch gerichteten Triebe umzulenken auf andere als die biologisch gewünschten Ziele – aber nur bis zu einem bestimmten Grad eben. Ich wage zu behaupten, dass der Glaubens-Asket bezüglich der Substitution in der Regel höhere Fähigkeiten aufweist, als der Bergsteiger-Asket. Der durchschnittliche Mönch und Priester weicht von der Regel so weit ab wie der durchschnittliche Bergsteiger vom international bekannten Profi-Bergsteiger. Fazit: der Bergsteiger geht eher zur Frau als der Priester. Aber eher noch als zur Frau geht er in die Berge! Das Scheitern kann er dort leichter verarbeiten als im Bett. Das Scheitern am Berg kann viele Gründe haben: schlechtes Wetter, schlechte Vorbereitung, schlechte Ausrüstung, schlechter Seilpartner. Das Scheitern im Bett kann nur wenige Gründe haben. Und diese Gründe liegen entweder in mir oder in ihr. Auf das Wetter oder auf die Ausrüstung kann ich es im Bett nicht schieben. Auch durch Training lässt sich beim Klettern mehr erreichen. Deshalb gehe ich in die Berge und befriedige dort meine Lust! Habe ich zu laut geträumt? Habe ich uns Bergsteigern sexuellen Eskapismus unterstellt? Ich träume ja nur! Was ich träume, weiß ich nicht; wenn ich träume, bin ich nicht. So hat mich auch keine Frau vom Schlaf abgehalten, den ich nun zum Vorwärtskommen in dieser lebensfeindlichen Wand so dringend benötige. Liege ich deshalb im Gras statt in der Wand zu stöhnen, weil der Geschlechtsakt in seiner lebenschaffenden Potentialität dem potentiell lebenzerstörenden Akt des Bergsteigens entgegensteht? Das Klettern am Schneck hat eine große lebenzerstörende Potentialität! Man könnte eine Untersuchung anstellen: Ist die sexuelle Aktivität bei Bergsteigern, die gefährlichere Berge besteigen, geringer als bei Bergsteigern, die weniger gefährliche Berge besteigen? Wäre ich höher als zwanzig Meter gekommen, wenn ich mich in der Nacht nicht sexuell betätigt hätte? Vergleiche ich diese Felsenwand mit einer Frau, dann frage ich mich, weshalb ich hier bin. Hart und kalt steht gegen weich und warm. Ist es vielleicht so, dass Wärme und Weichheit erst dann wieder richtig genossen werden können, wenn zuvor Kälte und steinerne Härte erlitten wurde? Dann würde der Bergsteiger nicht anstelle zur Frau, sondern wegen der Frau in die Berge gehen! Ich muss zugeben, dass dieser Gedankengang wenig glaubwürdig klingt. Wesentlich vernünftiger – zumindest für den Psychologen – scheint die Substitutionshypothese: Berg statt Frau. In meiner Kletterheimat gibt es Routen, die ‚Busenüberhang' und ‚Via Vagina' heißen. Wenn das nicht Substitution ist! Vielleicht auch Projektion, notwendiger Ausfluss der unterdrückten sexuellen Begierden!

Erst nach dem Schlaf steige ich in die Wand. Ich fürchte mich, wie ich mich vor keiner Frau fürchte. Aber die Wand ist vergessen, sobald ich ihr den Rücken kehre; die Frau aber ist in mich hineingeschlüpft und will nicht mehr heraus. Jeden Griff, den ich berührte, jeder Tritt, auf den ich meinen Fuß setzte, bewegt sich. Um aus der steilen Ostwand nicht heraus zu fallen, muss ich jeden Griff und jeden Tritt voll belasten, in dieselbe Richtung, in die die ganze Wand geschichtet ist, nach unten. Zieht man nur einen Griff heraus, bricht die ganze Wand zusammen. Nach zwei Metern Klettern bricht der erste Tritt unter meinem Fuß weg. Ich kann mich noch mit den Händen festkrallen. Für jeden Meter Klettern brauche ich Minuten. Greife ich an die falsche Schuppe, bricht sie mir unter der Hand weg. Bei jedem Höhertreten und Höhergreifen muss ich die Griffe und Tritte herausfinden, die unter meinem Körpergewicht nicht sofort herausbrechen. Nach zwanzig Metern sind alle meine psychischen Kräfte aufgebraucht. Ich hänge an einem Haken und zittere vor Angst an allen Gliedern.

Man kann sich natürlich fragen, ob eine Autofahrt von fünf Stunden und eine Wanderung von sechs Stunden zu viel für zwanzig Meter Klettern sind. Man kann sich andererseits fragen, ob fünfundzwanzig Meter Klettern fünf Meter zu viel gewesen wären, wenn ich mit zwei Felsstücken in den Händen fünfundzwanzig Meter in die Tiefe gestürzt wäre. Man könnte sich auch fragen, ob zu fünf Stunden Autofahrt und sechs Stunden Wandern noch etwas anderes hinzukommen muss, um einen Tag schön zu machen. Es kam ja immerhin auch noch ein Gewitter und Starkregen dazu! War das Klettern nötig? Es war nötig! Es war auch nötig trotz Sex in der Nacht zuvor. Ketzerische Frage: Kann Sex einen Bergsteiger überhaupt so befriedigen wie das Klettern an kalten und harten Felswänden?

## 18. Dezember 2004 – 6959 m

Ist eine Expedition, bei der nur einer von neun Teilnehmern den Gipfel erreicht, eine erfolgreiche oder eine erfolglose Expedition? Entscheidet die Mehrheit über das Ergebnis oder die Minderheit? Ist ein Teilnehmer auf dem Gipfel genug, um einer Expedition das Attribut ‚erfolgreich' zugestehen zu können? Einer war erfolgreich, acht sind gescheitert! Ist das so richtig formuliert? Zählt nur das eine, nur die Expedition, deren Ziel es war, den Gipfel des Aconcagua zu erreichen? Und hat deswegen die Expedition ihr Ziel erreicht, weil das Ziel, der Gipfel, erreicht wurde? War es deswegen eine erfolgreiche Expedition? Die Expedition! Und die Menschen? Ich bin der eine, der auf dem Gipfel war. Ich kauerte auf dem Gipfel, spürte meine Daumen vor Kälte nicht, schon lange nicht mehr. Der Sturm zerriss mir das Haar und den Schädel, als ich mich aufzurichten wagte, um in die Weite zu sehen. Der Himmel war blauer als alles Blau, die Welt so klein unter mir. Der Sturm schleuderte mich auf das kalte Geröll – daran erinnere ich mich. Aber Erfolg? Erfolg spürte ich nicht! Ich weiß nicht einmal, wie sich Erfolg anfühlt. Spürbar gefühllose Kälte, ja, und dünne Luft, ich weiß, wie sich das anfühlt. Aber Erfolg?
Wie dumm es doch ist, Erfolg an das Erreichen eines Berggipfels zu knüpfen! Das Verhältnis zwischen den Zeiten des Erfolgs und den Zeiten, in denen es keinen Erfolg gibt, könnte kaum ungünstiger sein; denn die Zeiten, in denen man auf einem Gipfel steht, sind so kurz im Vergleich zu den Zeiten, in denen man auf keinem Gipfel steht. Beim Aconcagua ist das Verhältnis 17 Tage zu 5 Minuten, 24480 Minuten Anmarsch, Aufstieg und Abstieg für fünf Minuten Gipfel. Ich kauerte auf

6959 Metern Höhe und spürte keinen Erfolg. Nicht einmal fünf Minuten lang empfindet man auf dem Gipfel ein Gefühl, dem man den Namen ‚Erfolg' geben könnte! Es ist nur ein kurzer Moment, Sekunden vielleicht, nur der eine letzte Schritt nach oben. Schon mit dem zweiten Fuß, der sich neben den ersten am Gipfel stellt, ist der Erfolg verflogen. Ab jetzt geht es nur noch bergab. Daran ändern auch die verbliebenen vier Minuten 55 Sekunden nichts, die du noch oben stehst. Die einzige Hilfe gegen das schwer zu ertragende Gefühl der Leere nach dem verflogenen Erfolg ist ein selbst geschaffener Traum, so wie der Gipfelerfolg, der hinter dir liegt. Gegen die lange Zeit des Abstiegs, die Zeit der Leere nach dem Hochgefühl, die Zeit der Erfolglosigkeit in der Gipfellosigkeit, gegen diese reale Zeit hilft nur der Traum vom nächsten Gipfel, der Traum vom nächsten Gipfelerfolg. In diesem Traum, da gibt es nur Erfolg, da gibt es keine Sekunden, in denen das Hochgefühl verfliegt, da ist nur Dauer, Glück. Und dieser Traum ist schöner als die Wirklichkeit; nur deshalb träume ich. Ich träume von höheren und schwierigeren Bergen, weil ich die Leere nach dem Hochgefühl, die Erfolglosigkeit nach dem attribuierten Erfolgsgefühl nicht ertragen kann. Ich bin zu schwach, um diese Leere auszuhalten. Der Traum vom Gipfelerfolg, der gar kein Traum ist, da er realisiert werden will, ist ein Alptraum: nach sechstausend Metern kommen siebentausend, nach siebentausend achttausend. Und was kommt dann? Was, wenn nicht der Himmel, in dem die Toten wohnen, ist höher als der Everest? Wie kann man so dumm sein und Erfolg an etwas knüpfen, das weniger nachhaltig nicht sein kann?

Für die Expedition war die Expedition ein Erfolg, wenn es nicht um das ‚wie viele', sondern um das ‚ob' geht. Da ich auf dem Gipfel war, ist der Tatbestand des ‚ob' erfüllt und war damit die

Expedition erfolgreich. Was aber ist wichtiger: die Expedition oder der Mensch? War neben der Expedition auch ich erfolgreich, weil ich derjenige welche war? In Anbetracht der Kurzlebigkeit des vermeintlichen Gefühls des Erfolgs, wäre ich ein armer Wicht, wenn ich mich damit begnügen müsste, als Resultat der Expedition nur die fünf Sekunden Hochgefühl auf dem Gipfel verbuchen zu können. Ich würde alles andere herunterspielen und für nichts erachten, wo doch die Vorbereitung, die Anreise, der Anmarsch, Eis, Wolken, Himmelblau, das Brennen des eisigen Sturms im Gesicht, das angenehme Gefühl des voller werdenden Magens, wo doch all das um so viel wichtiger ist, um so viel mehr Zeit in Anspruch genommen hat, und letztlich viel eindrücklicher war als der kurze einsame Moment auf dem Gipfel. Tagelang haben die Steine, die Elemente, die Menschen auf mich eingewirkt – der Gipfel nur Sekunden. Nein, der Erfolg liegt nicht im Erreichen des Gipfels, nicht in den fünf Sekunden Hochgefühl auf dem Endpunkt Gipfel, sondern auf dem Weg. Sich auf den Weg machen und den Weg gehen, darin liegt der Erfolg. Den Weg nicht als lästigen Weg zum Ziel Gipfel zu sehen, sondern auf dem Weg, neben dem Weg und im Weg den Sinn und den Erfolg einer Expedition zu sehen, das macht für einen Teilnehmer die Teilnahme an einer Expedition zum Erfolg. Erfolg ist eine Folge von Schritten; ein Fortschritt, kein Stehen-Bleiben. Das Erreichen eines Gipfels verlangt dagegen nach einem Stehen-Bleiben; ein Fortschreiten auf dem Gipfel bringt den Absturz. Nachhaltiger Erfolg liegt im Gehen; im vorwärts, weiter, in sich und in der Welt gehen; dabei den Weg zu sehen, in sich aufzunehmen und für sich fruchtbar zu machen. Ja, diese Expedition war ein Erfolg! Neun Menschen haben sich auf den Weg gemacht. Neun Menschen haben ihren Weg gemacht, jeder denselben und jeder einen anderen.

Mein Weg führte mich auf den Gipfel. Aber der Gipfel war weder das Ziel noch das Ende meines Weges. Es war ein kurzes Innehalten nach einer Folge von Schritten bergauf; kein Erfolg, dem mehr Bedeutung zukam, als dass der Schritt auf den Gipfel erfolgt war. Erfolgreich war ich nur auf dem Weg, auf dem Weg, der vor dem Innehalten auf dem Gipfel war.

## Action Grand

Alexander Adler war zu einem hautüberzogenen Knöchelchen abgemagert, als er über seine Wiederholung der Action directe berichtete. Er sprach über die Besonderheiten dieser ersten Route im XI. Schwierigkeitsgrad und über seine gezielte Vorbereitung. Aus den Ausführungen über sein Training prägte sich ein Bild in meinem Gedächtnis ein und wurde dort zur Proustschen Madelaine. Um einen bestimmten Zug klettern zu können, so erzählte er, hatte er speziell den kleinen Finger seiner rechten Hand auftrainieren müssen. Ich hob meine Hand und betrachtete das kleine dünne Würstchen daran. „Holla", dachte ich und ließ meine schwächliche Hand mit dem dünnen Würstchen daran beschämt in der Hosentasche verschwinden. Kleiner Finger, große Wirkung! Und Gott gebe zum Wollen das Vollbringen! Unzählige Male habe ich mir den Kopf darüber zerbrochen, ob es an meinem Wollen oder an Gottes Vollbringen mangelt, dass ich bisher weder die Action directe geklettert bin, noch auf einem Achttausender stand, geschweige denn eine der berühmten Alpenwände durchstiegen habe. Bei solchen Gedanken schiebt sich reflexartig mein kleiner Finger vor meine Augen und erinnert mich an Alexander Adlers Worte. Leider macht diese Erinnerung meinen kleinen Finger nicht kräftiger. Faszinierend, dass man seinen kleinen Finger auftrainieren kann! Aber wie, bitte, macht man das? Was nützt mir das ‚dass', wenn mir das ‚wie' dazu fehlt? Muss ich mein Fingerwürstchen hundert Mal beugen, damit es stark genug wird, sich an einem kleinen Felsenlöchlein festhalten zu können? Oder muss ich es mit besonders eiweißhaltiger Nahrung nähren? Nichts von alledem gibt den Ausschlag! Denn das ‚wie' kommt von allein, wenn der Wille da ist! Ich kann meinem kleinen Finger also keinen Vorwurf machen. Er ist das willensschwache Würstchen an einem willensschwachen Würstchen. Was ich nicht will, kann mein Finger nicht tun. Es ist nicht die Schwächlichkeit meines kleinen Fingers, der mich an der Durchsteigung der Eiger Nordwand hindert, es ist mein Wille, der fehlt. Doch fehlt der Wille nicht gänzlich; er fehlt nur in Bezug auf jenen Berg und ähnliche Berge. Mein Wille ist wählerisch. Er will nicht große Namen, sondern überleben. Er will sich Leiden und Gefahr nicht unterordnen. Kluger Wille! Er will lieber unversehrten kleinen Erfolg als von Wunden gezeichneten Misserfolg. Und er will genießen; und ein bisschen Schmerz, ein bisschen Angst zur Steigerung und Ermöglichung des Genusses. In diesem Grundwillen ist mein Wille stark; nur an der Konkretisierung und Präzisierung hapert es. Das führt bisweilen zu konzertierter Planlosigkeit, die sich schön geredet als ,Aktion' ausgibt. Der Wille schreit „Berg, Berg, Berg!", wirft mich auf die Autobahn, tritt das Gaspedal bis zum Anschlag durch und lässt mich mit dem Lenkrad im Stich. Mein Wille ist ungestüm und blind, lässt mich mit der Entscheidung, welcher Berg es sein soll, allein. Wenn er mit seinem Ungestüm nicht so an mir reißen und so sehr auf das Gaspedal treten würde, hätte ich genügend Zeit, mir einen Berg auszusuchen, auf den ich nicht nur heil hoch, sondern von dem ich auch heil wieder runter komme. Um das Runter schert sich mein Wille einen Dreck. Ist er auf dem Gipfel, hat er sein Ziel erreicht. Ich kann dann sehen, wie ich es ohne seine Kraft wieder ins Tal schaffe.

So wenig sich mein Wille um meine Unversehrtheit schert, so wenig schert er sich um die Unversehrtheit anderer. Nur gut, dass mein Wille nicht sprechen kann! Niemand würde mehr mit mir in die Berge fahren! Aber vielleicht sind ja die Menschen, die mit mir in die Berge fahren, genauso von einem Willen getrieben, der sich um nichts und niemanden schert.

Noch bis Zürich waren Dolomiten und Piz Palü im Gespräch. In Bern schied dann das Berner Oberland aus. Blieben noch Wallis und Chamonix. Erst in Martigny fiel die Entscheidung: Grand Combin.

Natürlich war es dunkel, als wir in Bourg St. Pierre, nördlich des Großen St. Bernhard, ankamen, was nicht wundert, wenn man bedenkt, dass wir bereits zehn Kilometer von zu Hause entfernt bei Pizza die erste Zieldiskussion geführt hatten, ohne zu einer Entscheidung zu kommen. Bei weiteren Zieldiskussionen gab es Kaffee, Bircher Müsli, Schweizer Schokolade, aber keine Entscheidung. Mich beunruhigte das keineswegs, da a) wir schließlich und endlich einen Zielberg gefunden hatten, und das mehr als rechzeitig, wenn man bedenkt, dass es schon Aktionen gab, bei denen ich erst wusste, auf welchen Berg ich wollte, als ich auf seinem Gipfel stand, und b) Planlosigkeit, Pizza, Kaffee, Bircher Müesli und Schweizer Schokolade zu jeder richtigen Aktion gehören.

Ausschlaggebend für unsere Entscheidung waren die gute Erreichbarkeit des Grand Combin, die Einfachheit der Route und die Wettervorhersage. Wir durften auf gutes Wetter hoffen. Mit starker Hoffnung krochen wir in das Zelt und überhörten den Regen, auf dass er nicht stärker würde als unsere Hoffnung.

Unsere Hoffnung obsiegte im Kräftemessen mit dem Regen. Am Morgen war der Himmel sauber. Da unsere Zeit knapp bemessen war, hinterließ der Hinweis des Wirtes der Valsorey-Hütte, dass die Querung hinüber in Richtung der Biwakschachtel am Nachmittag lawinengefährdet sei, nicht mehr als ein leichtes Säuseln in unseren Ohren. Da es bereits zwei Stunden nach zwölf war und unser Wille nach der Biwakschachtel strebte, mussten wir des Hüttenwirtes Warnung in den Wind schlagen. Blind und taub ist der Wille!

Der Meitin-Gletscher, an dessen Zungenrand die Valsorey-Hütte liegt, wird zum Col du Meitin merklich steiler. Das Eis war rar geworden, aber der in den letzten Tagen reichlich gefallene Schnee verbarg den bedauernswerten Anblick des dahinsterbenden Gletschers. In der Sonne war der Schnee weich geworden. Er trug uns nicht mehr. Er rutschte unter uns weg oder ließ uns bis auf das Geröll unter dem Schnee einbrechen. Wir wurden langsamer und die Gefahren des Nachmittags, vor denen uns der Hüttenwirt gewarnt hatte, waren bald überall um uns zu hören und zu sehen. Was eine Eisflanke gewesen war, war ein von Eisrinnen durchsetzter Geröllhang geworden. Die Sonne wärmte das Gestein, der Schnee schmolz an der Kontaktstelle zum Felsen, rutschte herunter, in die nächste Eisrinne, verband sich dort mit mehr Schnee. Wenn sich genug Schnee in der Rinne versammelt hatte, donnerte er als Lawine mit hoher Geschwindigkeit durch die steile, glatte Eisbahn. Die Hitze des Sommers brachte den Schnee kräftig ins Schwitzen. Unter unseren Füßen war es weich und klebrig. Wir torkelten über das steile geweißelte Geröllfeld. Da wir queren mussten, ließ sich der Kontakt mit den Eisrinnen, durch die Schnee, Fels und Eis geschossen wurde, nicht verhindern. Vor einer breiten, tief eingeschnittenen und von scharfkantigen Felsen aufgeschlitzten Rinne hielt ich kurz an. Ich hatte einen Fuß auf das Couloir gesetzt und war weggerutscht. Ich ging zwei Schritte zurück und legte die Steigeisen an. Im selben Moment hörte ich es donnern. Ich riss meinen Kopf in den Nacken, um die Schussrichtung der Lawine zu sehen. Ich schrie zu Jan, konnte noch einen Schritt zur Seite springen und mich gegen den Hang in den Schnee drücken. Keine zwei Meter rechts von mir, wo einen

Augenblick früher mein Fuß weggerutscht war, schossen zehn Tonnen Eis und Schneematsch durch die Rinne. Ein feines Schneepulver rieselte über uns hinweg. Einige hundert Meter unter uns bedeckte die Lawine eine beachtliche Fläche auf dem Gletscher. Die Entscheidung, Steigeisen anzulegen, hatte noch nie in meinem Leben so unmittelbar und plötzlich über Leben oder Sterben entschieden. Vor jeder weiteren Eisrinne, die wir queren mussten, schauten wir lange nach oben, lauschten auf die abgehenden Lawinen und rannten, wenn es für einen Augenblick still war, einer nach dem anderen so schnell wie möglich über die Schussbahn.

Das Rutschen und Donnern in diesem Hang wollte nicht aufhören. Wir waren verängstigt, wurden vorsichtig und langsamer. Als wir die Biwakschachtel erreichten, wurden wir ruhiger. Wir hatten Kocher und Nudeln heraufgetragen. Mit dem Dampf des warmen Essens und des warmen Tees in der kleinen Blechbüchse verflüchtigte sich der Gedanke an die Lawine, die uns beinahe fortgerissen und begraben hätte. Vier Italiener, die nach uns kamen und mit den schlechteren Schlafplätzen vorlieb nehmen mussten, schauten neidisch auf den heißen Dampf, der aus unseren Töpfen stieg. Sie knabberten an Brot und Käse. Draußen wurde es dunkel. Das Donnern der Lawinen verstummte. Spät in der Nacht kam anderer Lärm auf. Sturm schlug in Böen gegen die Blechschachtel, wölbte sie um Millimeter nach innen, ließ nach, so dass sich das Blech wieder ausdehnen konnte, warf sich von neuem gegen das Wellblech. Dann tippelte Regen auf das Metalldach, wurde stärker und hallte blechern durch das kleine Hüttchen. Das harte Klopfen wurde bald weicher und sanfter. Der Regen hatte sich in Schnee verwandelt.

Tiefes Dunkel war noch über den Bergen und der Sturm tanzte mit regelmäßigen Tritten gegen die Hütte, als der Wille zum

Gipfel aus dem Schlaf erwachte. Die Italiener machten sich bereit, zwei von ihnen. Nach der Uhr war es Zeit aufzubrechen, nach dem Wetter Zeit zu schlafen. Ich begrub meinen Willen unter dem Kopfkissen, hörte den eisigen Wind um die Hütte und ergab mich zufrieden der Wärme und dem Schlaf. Etwa eine Stunde später war es still um die Hütte geworden. Der Sturm hatte nachgelassen und mein Wille zupfte aufgeregt an meinen Augenlidern.

Der Himmel war grau, der Gipfel verborgen. Statt fröhlicher Helligkeit empfing uns dumpfe Dämmerung. Die Atmosphäre, die der düstere Himmel, die Kälte und der hinter dem Berg lauernde Sturm schufen, war bedrohlich. Wir waren nicht verängstigt, aber verunsichert. Die Lust auf den Berg verging nicht, aber die Freude fehlte. Es kam keine Begeisterung auf. Unser Aufstieg hatte schon vom ersten Schritt an diesem Morgen etwas Mechanisches. Unter diesem Himmel hatten sich unsere Gefühle in eine sichere Höhle zurückgezogen, da sie sich vor dem plötzlichen Einbruch eines lauernden Gewittersturms fürchteten.

Weit über uns und kurz unterhalb des Übergangs von der weißen Südwestflanke zum Westgrat sahen wir die beiden Italiener. Durch ihre Spuren stapften wir aufwärts. Die Felsen am Grat waren vereist und mit Schnee durchsetzt. Keine schwere Kletterei, wenn kein Schnee liegt. Aber steil genug, um bei einem Ausrutscher bis vor die Eingangstür der Biwakschachtel zu fallen. An einer kurzen Steilstufe war in die Griffe Schnee gepresst, auf der schmalen Leiste für den Fuß glänzte Eis. Ich packte das Seil aus, da ich Verantwortung trug und mein ganzes Leben lang eine zu schwere Last hätte tragen müssen, wenn Jan etwas geschehen wäre. Vor den letzten steilen, aber einfachen Felsen vor dem Gipfel des Combin de Valsorey trafen wir auf die Italiener. Wir zogen vorbei, rasteten kurz auf dem Gipfel. Unter uns und über uns war eine Wolkenschicht. Dazwischen tobte der Sturm. Er hatte sich eine horizontale Schneise in die Wolkendecke geschlagen und verteidigte sie gegen alles und jeden. Durch unsere Rast holten uns die Italiener wieder ein. Das kurze Gespräch mit ihnen kühlte aus. Hinüber zum Combin de Grafeneire ging es auf Eis noch einmal hinunter, dann wieder hinauf. Keine Schwierigkeiten bis auf den tobenden Sturm. Die kleine Aufhellung am Himmel, der greifbare Gipfel und der mit Macht kämpfende Sturm stachelten meinen Willen an. Der unbezwingbare Sturm war für meinen Willen der angemessene Gegner, den es niederzuringen galt. Dieser Wille trieb mich vorwärts, als stünde ich nicht auf viertausend Metern Höhe und wäre nicht einem Sturm ausgesetzt, der Dächer abdeckt. Zu dem übermächtigen Gipfelwillen gesellte sich der verbissene Ehrgeiz, vor allen anderen als erster auf dem Combin de Grafeneire zu stehen. Diese doppelte Kraft peitschte uns alle vorwärts, schiss auf das Rasseln der Lungen und die brennenden Oberschenkel. Der Eiswind gefror mein Gesicht zu einer Allmachtsfratze. Hinter mir spürte ich die Gier des einen Italieners, mich zu überholen, um vor mir den Gipfel zu erreichen, während ich zugleich durch meine eigene Gier, als erster auf dem Gipfel zu stehen, vorwärts geprügelt wurde. Ich war eine kopf- und sinnlose Maschine, angetrieben allein von einem Willen, der sich um kein Leben scherte, weder um das meine, noch um das der anderen. Die Kraft, die die Maschine antrieb, war maßlos und unerschöpflich. Ich schlug an die Eisenstange, die den Gipfel markiert und drehte mich um. Der Italiener, der sich an meine Fersen geheftet hatte, war zurückgefallen.

Der Abstieg war heikel. Zwei Mal konnten wir abseilen und umgingen so die Steilstufen, die schon im Aufstieg bei diesen

Verhältnissen gefährlich waren. Von der Biwakschachtel zur Hütte verloren wir die Sicht. Die Wolkendecke hatte sich abgesenkt. Anstatt frühzeitig zu queren, stiegen wir tiefer, beinahe zu tief. Wir waren nur hundert Meter oberhalb der Hütte, als sie aus den Wolken auftauchte. Es hatte wieder zu schneien begonnen. Wir grüßten den Hüttenwirt und rollten weiter bergab. Keine zweihundert Meter vom Auto entfernt, auf einem breiten Schotterweg, stieß ich mit dem Schuh gegen den einzigen Felsklotz, den es auf diesem Schotterweg gab. Dass ich nicht direkt vor dem Auto noch stolperte und mit dem Schädel in die Windschutzscheibe einschlug, fehlte noch. Sturm, Kälte, Lawinen, senkrechte Abbrüche, was sind das schon für Gefahren im Vergleich zu einem Felslein, das auf einem Wege liegt. Ein halbes Jahr später erst hatte sich der Zehennagel erholt.

Wir fuhren noch am selben Tag nach Hause. Was sonst? Das Wetter wurde wieder schlecht und der Wille zur Aktion gönnte mir ein Ruhepäuschen.

## Auf Skitour

Der Winter ist nicht méine Zeit. Obgleich er meine Zeit nicht ist und sein Wesen anders als das meine, so ist er doch mein Freund. In seiner hellen, todesgleichen Stille ist er meine Sehnsucht. Der Winter ist schwarzweiß und ich bin farbig. Mit seinem Weiß bedeckt er das Grün der Gräser, das Braun der Erde, das pralle Farbenspiel der Blüten. Die Vielzahl der Gesteine verdunkelt sich im Schneekontrast zu einem einzigen Schwarz. In dieser wenig hellen Zeit genügt die Lichtkraft nicht, dass Herz und Augen Farbe sehen. Und dennoch zieht es mich hinaus, genieße ich den eisigen Frost, der mein Gesicht gefühllos beißt, will ich versinken und umschlossen werden von diesem weiten Schnee, mich legen in das weiche Sargbett, hinabsinken in die ewige Dunkelheit und dort zu neuer Farbe werden.

Ich war noch jung und unerfahren – so schreibt man gern, wenn man zurückschaut und sich im Heute als aus Erfahrung klug Gewordener präsentieren will. Und jeder muss denselben Weg beschreiten! Denn niemand, so lautet die Sentenz, kann weise und erfahren sein, der nicht zuvor die Konsequenzen unerfahr'nen Handelns erlebt hat. So war auch damals meine erste Tour auf Ski ein Leidensweg; die Folge meiner eig'nen Dummheit; der jugendliche Glaube an herkuleische Kraft; die Blindheit für die Tatsache, dass Kraft nicht von den Sternen fällt.

Sechs Wochen lang war ich im Auto durch die USA gefahren, hatte viele tausend Meilen zurückgelegt, zu Fuß nicht mehr als von diversen Parkplätzen zu diversen Aussichtspunkten diverser Nationalparks. Ausdauernd war mein Sitzmuskel geworden, für die Kraft hatte ich zentnerweise gegrillte Hackfleischbuletten in mich hineingestopft und die Psyche hatte ich auf den Highways durch die Wüste trainiert, als just gerade dann die Tankuhrnadel auf Null zeigte, als das Schild „Next gas station in 50 miles" auftauchte. Ich hatte mich also optimal auf meine erste Skitour vorbereitet. Zwei Tage nach meiner Rückkehr aus den USA wurde ich an einen Berg gefahren, der einen schönen Namen trug, mir aber nichts sagte: Königsspitze. Es hat etwa zehn Jahre gedauert bis mir klar wurde, dass es ja gar kein Traum gewesen war, dass ich nicht im Schlaf auf diesen Berg gestiegen bin. Ich habe dann recherchiert und herausgefunden, dass die Königsspitze ein schöner und bekannter Berg ist und im Ortler-Massiv liegt. Schade, dass ich davon nichts mitbekommen habe, als ich dort war. Die lange Autofahrt hatte ich verpennt. Ich war der Zeit zehn Stunden hinterher. Beim Hüttenaufstieg befand ich mich gerade in der Tiefschlafphase, zwei Stunden nach Mitternacht. Jonathan, Fahrer, Tourenplaner, erfolgreich, ehrgeizig, langjähriger Skitourengeher, war zehn Stunden vor mir und über mir, nah am Schneefunkelhorizont, und glitt kraftvoll die Spur im Zickzack den Berg hinauf. Mir träumte, ich schliefe nicht, sondern hätte Ski an den Beinen. An jeder Kehre endete mein Traum. Ich setzte die Ski um und fiel in den nächsten Traum. Konnte ich denn schlafen und steigen zur selben Zeit? Ich träumte von der Möglichkeit, im Gehen zu schlafen. Die Ski an meinen Beinen glitten in den Schneeschienenspuren, mein Kopf kippte zur Seite und ich schlief. An der nächsten Kehre blieben die Beine stehen. Ich erwachte und öffnete die Augen. ‚Es ist viel zu hell für zwei Stunden nach Mitternacht.' Ich setzte meine Ski in die neue Richtung und schloss die Augen wieder. Mein Kopf kippte wieder zur Seite und ich begann zu schnarchen. Bis zur nächsten Kehre. Als ich drei Stunden später die Hütte erreichte, war Jonathan nur noch acht Stunden vor mir. Ich war ihm auf Ski schlafend zwei Stunden näher gekommen.

„Die Freude am Morgen ist das Leid am Abend!" – für den, der Skitouren macht, um Ski zu fahren. Warum ich, der nicht Ski fahren kann und deshalb wenig Freude am Skifahren hat, trotzdem auf Skitour gehe, weiß ich bis heute nicht. Für mich galt dieser in das Hüttenfrühstück gesprochene Satz deshalb nicht. Für mich brachte die Abfahrt am Morgen kaum weniger Leid als der Gegenanstieg am Abend. Und alles zwischen meinem Leiden am Morgen und meinem Leiden am Abend war ununterbrochene Qual. Bei der Abfahrt zum Aufstieg fraß ich Schnee und bläute Schultern, Oberarme, Oberschenkel, Sitzmuskel; beim Aufstieg krampften die Waden, brachen Frühstück und Abendbrot aus meinem Schlund. Bei der steilen Querung zum Gipfel am oberen Ende der viele hundert Meter hohen Flanke bekam ich Panikattacken. Der Gipfel gratulierte mit pochendem Kopfschmerz. Über mir die brennende Sonne, in mir Speien und Übel, unter und vor mir Jammern und Zähneklappern. Die Abfahrt beseitigte die heilen Stellen an meinem Leib, malte ihn farbig, die Haut flächendeckend unterströmt von blaugrüngelbem Blut.

Dort, wo es nicht mehr abwärts ging, stand die Hütte leider nicht. Mit mir musste es noch sehr weit abwärts gehen, ehe ich sie erreichte. Denn der Gegenanstieg ist des Untrainierten Fegefeuer. Räumlich war die Hütte nicht fern, doch zeitlich lag sie in der Unendlichkeit. Die Summe aus vertikaler und horizontaler Distanz war so klein, dass es für Jonathan, den Profi und Höhenmeterfetischisten, keine Zahl, sondern ein Zählchen war, und er die Hälfte des Hangs erklommen hatte, ehe ich Hamburger-gemästeter, blutergossener Skitourenneuling die Relation von objektivem Anstieg und subjektiver Kraft richtig begriffen hatte. Ich setzte mich in Bewegung und reduzierte meine Geschwindigkeit schon nach wenigen Höhenmetern von Wurm auf Schnecke. Des Weiteren unterteilte ich die Unendlichkeit des Aufstiegs in endliche Intervalle. Gehen und Ruhen sollten sich abwechseln, fünf Minuten gehen, eine Minute ruhen. Meiner Intervallisierung der Unendlichkeit wohnte bedauerlicherweise ein Denkfehler inne, der mir erst bewusst wurde, als bereits Stunden verstrichen, meine Kraft gänzlich verbraucht und die Hütte nicht näher gekommen war. Durch meine fortschreitende Entkräftung musste ich nämlich die Gehzeiten verkürzen und die Ruhezeiten verlängern, und zwar so weit, bis sich deren anfängliches Verhältnis umkehrte. Statt fünf Minuten gehen und eine Minute ruhen, musste ich nun fünf Minuten ruhen, um eine Minute gehen zu können. Dadurch trat ich im Raum-Zeit-Kontinuum auf der Stelle: Je mehr ich mich der Hütte räumlich näherte, desto weiter entfernte ich mich zeitlich von ihr. Denn das Verhältnis von Gehen zu Ruhen veränderte sich kontinuierlich zuungunsten des Gehens. Und nur im Gehen kam ich ja der Hütte näher. Es dunkelte schon, als ich einen schwarzen Schatten am Horizont über mir sah. Es war Jonathan, der kam, um mich zu suchen. Er nahm mir meinen Rucksack ab. Eine halbe Stunde später erreichte ich die Hütte.

Im Folgejahr erhielt ich meine zweite Winter-Lektion. Andere redeten mir ein, dass Skitourengehen eine tolle Sportart sei. Mein geistlicher Mentor, dessen Verhältnis zu dieser Sportart ich nie aus seinem Munde vernommen habe, borgte mir seine Ausrüstung. Er erklärte mir Bindung und Felle, nicht die Verwendung der Harscheisen. Mit Jonathan ging ich nicht mehr in die Berge; er hatte sich für geradeaus entschieden, wo ich links gegangen war. Gesprochen haben wir darüber nie. Wir haben uns so weit voneinander entfernt, dass wir einander nicht mehr hören. Seit ich nicht mehr mit Jonathan unterwegs bin, ist Jonathan mit Björn unterwegs. Mit Björn lernte ich meine zweite Lektion. Er fragte mich und ich fuhr mit. Auch zu Björn habe ich keinen Kontakt mehr. Er ist an einer anderen Abzweigung abgebogen.

Das Ötztal kannte ich aus verregneten und verschneiten Sommern, als Ort, an dem es nur das Scheitern gibt. Warum sollte es im Winter nicht anders sein? Das Scheitern konnte doch nicht ewig währen! An einem kalten, grauen Morgen verließen wir das Taschachhaus. Ich allein und Björn allein. Entlang der Nordostseite des Urkundkopfes, links in der Tiefe der Taschachferner. Björn hatte mich gefragt und war gefahren; also ging er voraus. Die Ski hinterließen kaum eine Spur auf dem verharschten Schnee. Björn war hier, nicht um mit mir, sondern um auf den Berg zu gehen. Ich dachte nicht anders. Mir rutschten die Ski weg und der Abstand zu Björn wurde größer. Um nicht zu fallen, klammerte ich mich verkrampft an meine Stöcke. Björn zog sicher bergauf. Wir querten die Ostseite des Urkundkopfes; sie ist steil und felsdurchsetzt. Meine Ski glitten nach vorn und glitten zur Seite. Sie rutschten, bis sie gegen meinen linken Stock stießen. Neben dem Stock, der ihr Rutschen stoppte, sah ich den verschneiten Gletscher, hell, still und zweihundert Meter tiefer. Björn befestigte die Harscheisen an den Skiern; sie krallten sich in den vereisten Schnee. Seine kaum sichtbare Spur hatte nun Löcher. Bis ich meine Harscheisen befestigt hatte, war Björn nicht mehr zu sehen. Ich rutschte nicht weniger als zuvor, bemerkte nicht, dass die Spur hinter mir ohne Löcher blieb. Ich zog den linken Stock heraus, um ihn neu zu setzen, meine Ski glitten nach vorne und rutschten Hang abwärts nach links. Ich hatte den Stock, der ihr Rutschen hätte bremsen können, noch nicht gesetzt. So rutschten die Ski unter mir weg und rissen mich mit. Ich stürzte, blieb aber nicht liegen, da der Untergrund eisig glatt und so steil war, dass ich mich nicht festhalten konnte. Die Ski nahmen mich mit in den steiler werdenden Abhang. Ich war hilflos wie ein Käfer, der auf dem Rücken liegt und unweigerlich sterben muss. Meine Hände steckten in den Schlaufen der Stöcke, meine Beine waren an die Ski gebunden, die schneller und schneller in die Tiefe rauschten. Ich schlug mit den Armen, die Stöcke daran wedelten hoffnungslos durch die Luft. Wie sollte ich bremsen? Bald kam ein Abbruch, hundert Meter oberhalb des Gletschers. Rutschte ich über diesen Abbruch, war der nächste Halt mein letzter, der Aufschlag auf dem Gletscher. Auf diesem vereisten Abhang gab es kein Halten. Ich sah den ersten Felsen näher kommen. Ich spürte, wie er mir die Hose und den Schenkel ritzte, versuchte mich im Vorbeirutschen festzuklammern, die Hände an die Stöcke gebunden, sinnlos, wie sollten sie greifen, wenn sie in den Schlaufen hingen, die Stöcke gegen den Untergrund stießen und meine Arme nutzlos herumwirbelten. Obwohl ich mich, meine Arme und Beine noch spürte, war ich doch jetzt schon ein Klumpen Fleisch, der über einen Abhang geschleift wurde. Aus dem vereisten Untergrund ragten immer mehr Felsen hervor. Bei jedem Felsen, auf den ich zurutschte, fürchtete ich, aufgeschlitzt und zerbrochen zu werden. Es waren harte Schläge, die die scharfen Felskanten meinem weichen Leib mitgaben. Aber ich hatte noch kein Krachen der Knochen gehört. Je schneller ich wurde, desto panischer wurde ich. Immer hektischer und unkontrollierter wurden die wenigen Bewegungen, die ich noch selbstbestimmt ausführen konnte. Ich sah mich auf den nächsten, einen großen Felsklotz zurasen. Er würde mich entweder aus der Wand schleudern oder meine Knochen pulverisieren und mein Gesicht zerfetzen. Ich zappelte wie ein Schmetterling, der noch hofft, dass er die Nadel, die der Sammler durch seinen Leib treibt, überleben kann. Meine Ski kamen kurz quer zum Hang, der Fels bot Widerstand und bremste mich abrupt. Kaum konnte ich den plötzlichen Stillstand bei meiner Geschwindigkeit abfangen und überschlug mich beinahe. Aber ich überschlug mich nicht und rutschte auch nicht weiter. Nur zwanzig Meter von der senkrechten Abbruchkante entfernt hatte mein Sturz ins Leere geendet. Ich wagte nicht, mich zu bewegen. Das einzige, was mich in dieser Position festhielt, war eine zentimeterkleine Verbindung zwischen meinen Ski und dem Felsen darunter. Vorsichtig scharrte ich mit der einen Hand ein Loch in den gefrorenen Schnee und krallte mich fest. Langsam beugte ich mich und öffnete mit der anderen Hand die Bindung eines Skis. Ich griff nach dem Ski und schlug mit dem befreiten Schuh eine Stufe in den verharrschten Schnee. Als ich auch den zweiten Fuß aus der Bindung gelöst und einen sicheren Tritt gefunden hatte, lösten sich Angst und Anspannung in einem Zittern, das meinen ganzen Körper durchfuhr. Meter für Meter arbeitete ich mich zurück den steilen Abhang hinauf. Als ich wieder die kaum sichtbare Spur, an der mein Absturz begonnen hatte, erreicht hatte, setzte ich mich in den Schnee und betrachtete das Zittern meiner Hände. Die Seele gebeutelt, die Beine zerrissen, die Harscheisen verbogen. Ich besah die Bindung und erkannte meinen Fehler. In ständiger Angst, noch einmal abzurutschen folgte ich der Spur, die Björn hinterlassen hatte. Ich spürte, wie sich die Zähne der Harscheisen in den Schnee bissen. Aber die Angst vor dem Abrutschen blieb mir in den Knochen. Eine große Narbe in meinem Oberschenkel sorgt dafür, dass ich diese Angst nie verliere.

## Bergsteigen bis zum Gipfel 2

Ist er nicht zum Sterben schön, dieser Blick? Diese Berge, diese riesigen Berge – alle sind sie so klein und fern. Weit ist der Horizont, so weit geworden. Dass große Berge so klein sein können? Nie hätte ich das gedacht. Und nun sehe ich es. Seit ich hier sitze, sehe ich es. Seit ich nicht mehr steige, nicht mehr steigen kann, sondern sitzen muss, sehe ich es. Dass ich lieber steigen würde als sitzen, lieber den Blick stupide auf die weiße Wand vor der Nase als die Freiheit der Berge und des Himmels in der Ferne, dass ich lieber... – aber zu wollen und zu entscheiden ist nun nichts mehr, was mich betrifft. Verben, Subjekte, Sätze, Sprache – geht mich das noch irgendetwas an? Hätte ich mich früher umgedreht, hätte ich noch gesehen, was ich jetzt sehe. Damals, als ich mich noch umdrehen konnte, hätte ich mich umdrehen sollen zum Licht, zur Freiheit des Blicks. Ja, ja, damals, damals. Ich stimme ein in die Leier vom damals und vom „hätte". Aber irgendwann wird jeder umgedreht. Kannst du dich selbst nicht mehr drehen, wirst du gedreht. Wenn es aus ist mit dem Leben, liegst du auf dem Rücken, bis dir das Wundgelegene von Würmern und Maden abgefressen ist. ‚Hey, Leute' – aber es hört mich ja keiner, ich weiß – ‚Leute, ihr dürft mich beneiden: an mir nagen keine Würmer!' Damals sagte ich ‚Todeszone'. Bist du gedreht, ändert sich deine Perspektive. Heute sage ich ‚wurmfreie Zone'. Erwähnte ich schon, dass ich eine tolle Aussicht habe? Wenn ich vergessen habe, dass ich das schon erwähnte, dann bitte ich darum, meine Vergesslichkeit zu entschuldigen. Ich habe ein großes Loch im Schädel, ich weiß nicht wie groß, da ich meine Hand nicht heben kann, um es zu erfühlen; aber dass da ein Loch ist, das weiß ich; ich habe es gespürt, kurz bevor ich gedreht wurde. Durch dieses Loch bläst der Wind. Manchmal ist es ein luftiges Pfeifen wie das Blasen über einer Flasche. Nachts gefriert die Flüssigkeit in meinen Hirnzellen und lässt sie platzen; tags, wenn mir die Sonne in den Schädel scheint, tauen die geplatzten Erinnerungen auf und rinnen aus dem großen Loch. Ich kann mich nur noch an wenig erinnern; so viel von mir ist schon in meinem Gehirn zerplatzt.

Ich liege gern an diesem einsamen Fleck. Was ich wollte, habe ich für die Ewigkeit. Jeden Morgen sehe ich die stille Geburt der Sonne. Seit ich nicht mehr sehen kann, sehe ich. Seit ich keine Zeit mehr habe, habe ich Zeit. Traurig macht mich, dass auf meiner Mutter die Last der Zeit zu sehen liegt. Sie sah mich gehen und niemals zurückkehren. Sie hält Ausschau nach meinem Gesicht. Wohin sie blickt, sieht sie mein Gesicht, das niemals wiederkommt. Mutter, oh Mutter, wenn ich doch könnte! Du drehst deinen Kopf, willst nicht und musst, weil ich niemals zurückkehrte, mich überall sehen. Mein Kopf ist erfroren, zerschlagen. Über den knöchernen Höhlen nicht mehr genug Auge, um im Licht einen Reiz zu finden. An dem Mund, dessen Lachen du kennst, fehlt, was man zum Lachen braucht. Unter der trockenen Sonne haben sich die Lippen zu Nase und Kinn verzogen. Mein Gesicht sind mundlose Zähne und dünnes braunes Leder, das meinen Knochenschädel darunter zeichnet.

Mein Hosenbein ist zerrissen, der Unterschenkel so beinern weiß wie die Zähne. So sitze ich auf einer kleinen Felseninsel in dieser großen weißen Wand. In jeder Nacht werde ich zu Eis. Mit dem Aufgang der Sonne beginne ich aufzutauen. Steigt die Sonne höher, gerbt sie mich; wandert sie über den Gipfel, werde ich wieder zu Eis. Im Winter bekomme ich eine Decke aus

Schnee. Bald werde ich genau so weiß sein wie der Schnee. Der Gletscher wird mich umfließen und mit sich nehmen ins Tal. Mutter, ich komme zurück!

*Im Dezember 2004 stieg ich in die direkte Polenroute des Aconcagua ein. Inmitten dieser Eiswand sah ich auf einem schmalen Felsband etwas liegen, das nicht hierher passte. Als ich mich diesem Etwas näherte, sah ich, dass es ein Mensch war, ein toter Mensch. Ich konnte nicht weiter steigen. Am ganzen Leib zitternd und unter Tränen stieg ich die Eiswand wieder ab. Die Ranger im Basislager hörten sich an, was ich berichtete, und sagten ‚ja, stimmt' und ließen es dabei bewenden.*

# Auge um Auge

*Der Falzaregopass in den Dolomiten war im 1. Weltkrieg hart umkämpft. Beide Seiten, Österreicher und Italiener, sprengten und gruben Stollen und Gänge in die Berge und verschanzten sich darin. Am 22. Mai 1917 sprengten die Österreicher die Lagazuoiwand, in der die Italiener ihre Stellungen hatten. Auf einer Breite von mehr als 130 Metern und einer Höhe von 200 Metern stürzte die Felswand ins Tal und mit ihr der Großteil der italienischen Besatzung. Noch lange nach der Sprengung brachen immer wieder Gesteinsmassen aus der Wand und stürzten mit den Überresten der gesprengten Soldaten ins Tal. Die vielen Stellungen, die nicht gesprengt wurden, durchziehen noch heute die Dolomiten.*

Mit geringstem Einsatz den größten Gewinn erzielen! Einmal Lotto spielen und gleich sechs Richtige. Kurzer Zustieg und herrliche Kletterei in rauem, festem Fels mit guter Absicherung und ohne andere Kletterer. So wünsche ich mir das! Und dazu hätte ich noch gerne einen einfachen Abstieg, Sonne ohne Sonnenbrandgefahr und steinschlagfreies Gestein. Und das alles in den Dolomiten, weil es dort so schön ist, weil es dort so grün ist unter den Bergen, der Kaffee so lecker günstig, das Eis berühmt, die Lebensfreude italienisch und die Kühe einen weißen Fellring um die schwarze Schnauze haben. Man wird ja wohl noch träumen dürfen! Latte Macchiato, Fleckmilch, braunweiß, Braunvieh, Fleckvieh – hinein ins Auto, hinauf auf den Falzarego, an den Einstieg spaziert und Lottomillionen im Kopf.

Der höchste Einsatz für das Nichts, das Leben für den Tod, Verlust des Seins als Hauptgewinn. Soldaten sind wir für das Vaterland, stechen und schießen nach der andern Mütter Herzen. Wir sind geboren, um zu bluten, zu frieren, hungern, dürsten, töten. Wir treiben tiefe Stollen in die Berge und kauern wie in Mutters Bauch. Dort sind wir blind und wissen nichts, bis plötzlich Tag wird aus der Nacht, die Höhle platzt und auch die Ohren, Augen, die Gedärme, Arme, Beine platzen. Wir explodieren und spritzen über Fels und durch die Luft; hinauf zum Mond, hinab ins Gras und auf die Häuser werfen wir in tausend roten Fetzen unsere Soldatenleiber.

Und ich mitten drin. Versteige mich in der Lagazuoiwand und stecke bald bis zum Hals im Schlamassel. Ich bin kein Spieler und muss spielen. Der Lottogewinn war ein gut gemeinter Anfang. Aber ich hätte es mal nicht beim Denken und Schreiben bewenden lassen sollen, sondern in die Tat umsetzen, praktizieren, spielen. Hab ich aber nicht! So stolpere ich spieltechnisch blank in die Zockerrunde und höre eine Stimme sagen: „Der Traum ist ausgeträumt, mein Junge!".
Zunächst war es die Felsqualität, die nicht mehr wie zu Anfang war. Sodann die Absicherung, die aus der Hand des Hakensetzers in die meine wanderte. Wo ich nun kletterte, war nichts, das Haken war. Was mir in dieser Situation fraglos fehlte, war die Bohrmaschine am Gürtel; und um Haken zu schlagen und um Keile zu setzen fehlten die notwendigen Risse. Obschon es Risse gab zuhauf; ja eigentlich war die ganze Wand ein Netz von Rissen, Risslein, kapillarisch klein, millionenfach gesplittert, Stein auf Stein ein Mosaik. Doch fehlte gänzlich der Zusammenhalt. Ich kletterte in einem Überrest, an einem Berg,

von dem man seine Panzerhaut gerissen hat und dessen Inneres nun auseinander brach, der Stein um Stein ins Tal verblutete. Zweihundert Meter hoch und über hundert breit waren fehlend, mit Donnertosen abgestürzt. Das Stürzen hielt beständig an, jedoch inzwischen ohne Tosen; ein Steinlein hier, ein Steinlein dort, ein sanftes Poltern. Doch poltern, tosen, stürzen wollte ich nicht. Darum war ich glücklich, herzefroh, als ich nicht weit von mir ein großes Loch entdeckte. Ich kletterte hinein und wähnte mich in Sicherheit. Das große Loch war eine Höhle, ein Stollen aus dem ersten Krieg. Ich sah Konservendosen, rostig, aufgeplatzt, Schuhe und Kleiderfetzen, Holz am Boden, stützend an den Wänden. Im Rücken spürte ich die Sonne und aus dem Loch vor mir blies schaurig kühle Finsternis.

Obwohl es mir aus diesem Gang entgegenwehte, wurde ich in ihn hineingezogen. Ich spürte einen Sog, der mich der Sonne und dem Licht entfremden wollte. So lang der Stollen grade war, fiel Helligkeit genug dorthin, wohin ich meine Füße setzte. Die Decke so hoch, dass ich aufrecht gehen konnte, berührte ich mit den ausgestreckten Armen die Seitenwände links und rechts. Bis auf das Zugangsloch schien mir der Boden aufgeräumt; kein Felsklotz oder Holzstück, über die ich hätte steigen müssen und die mich stürzen lassen würden, sobald der Stollen eine Kurve macht und dann das Licht von draußen nicht mehr weiter kommt. Zehn Schritte sind es, bis die erste Kurve kommt; ich bleibe stehen, gebe meinen Augen Zeit, sich für das schwache Licht, das nach der Biegung übrig bleibt, zu öffnen. Als ich nach links dem Stollen folge und kaum noch etwas erkennen kann, verschwindet auch mein dunkles Schattenbild am Boden. Zehn Schritte weiter, nach der nächsten Kurve ist nicht nur alles schwarz um mich, ich selbst bin schwarz, viel schwärzer als mein Schatten unter Sonnenlicht. Bin ich es, der von Dunkel eingeschlossen ist oder blieb ich dort, wo auch das Licht zurück geblieben ist? Ist es mein Schatten, der an meiner Statt ins Dunkel ging, wovon er ist und wo er doch nicht sein kann? Ich strecke meine Arme nach den Wänden und fühle kalte, feuchte Felsen. Ich halte eine Hand vor mein Gesicht, ohne zu sehen, ob es noch eine Hand ist. Ich sehe schwarz, nur schwarz, sonst nichts. Ich greife nach vorne in die Finsternis, die andre Hand berührt die Wand. Vorsichtig hebe ich ein Bein und gehe Schritt für Schritt mit Händen und Füßen tastend durch die Finsternis. Ich gehe, bis meine Hand, die an der Wand mich führt, ins Leere greift. Ich bleibe stehen und werde plötzlich von einer maßlosen Angst befallen. Meinen Körper überfällt ein Zittern, das ich bis in jedes Gelenk hinein spüre. Ich zapple, wie wenn ein Blitz in mich eingeschlagen wäre und nicht mehr aus mir herauskäme. Ich bin kaum in der Lage, die Bewegungen meiner Gliedmaßen zu steuern. Arme und Beine wirbeln herum, als ob sie nicht Teil meines Körpers wären. Mit Mühe schaffe ich es, mich zuerst niederzuknien, dann flach auf den Bauch zu legen. Durch die Kälte des Felsbodens klingt der Anfall allmählich ab. Ich taste nach allen Seiten. Wo meine Hand plötzlich ins Leere griff, führt der Stollen in spitzem Winkel nach links. Außer diesem Weg nach links führen weitere Stollen geradeaus und nach rechts. Ich weiß nicht, in welchen der drei Gänge ich gehen soll. Wonach soll ich mich entscheiden? Um mich herum herrscht absolute Finsternis. Wohin ich mich wende und wohin ich schaue, ist schwarz. Soll ich in das Schwarz vor mir, links von mir oder rechts von mir gehen? Was macht es für einen Unterschied, ob ich diesen Gang, den ich nicht sehe, oder jenen Gang, den ich nicht sehe, wähle?

Ich entscheide mich für den Gang, der nach links führt und ich nehme mir vor, auch bei allen weiteren Kreuzungen und Verzweigungen immer nach links zu gehen. Immer nach links eröffnet einen Rückweg ins Licht. Ich muss mich nur umwenden und an jeder Abzweigung nach rechts gehen, um wieder am Anfang meines Weges anzukommen. Ich träume wieder. Ich träume davon, dass es ein Zurück gibt. Ich träume davon, aus dieser Höhle der ewigen Finsternis wieder herauszukommen. Ich träume und gehe doch immer tiefer in die Dunkelheit hinein. Da in der ewigen Finsternis auch keine Zeit ist, weiß ich nicht, wie lange ich schon gehe. Ich ermüde nicht, verspüre keinen Hunger und keinen Durst. Ein schwarzer Mann in schwarzem Raum in schwarzer Zeit. Ich gehe und gehe. Immerzu gehe ich und sehe nichts, fühle nur kalten feuchten Fels und höre nur meine Schritte. Bleibe ich an einer Gabelung stehen, höre ich nur noch meinen Atem und mein Herz. Ich gehe weiter, rieche feuchten, kalten Fels, höre meine Schritte, rieche Verwesung und stoße mit meinem Fuß gegen etwas, das kein Fels ist. Ich rieche Verwesung und höre Verwesung, eine Stimme ohne Fleisch, nur von Haut, knöchern, nur röchelnde Luft, vorbeigetrieben an Überresten von Zunge und Gaumen; gewürgte und gekrächzte Kehllaute. „...rrrrrm!“ Und plötzlich hundertfach und ohrenbetäubend „rrrrrrm“, „rrrrrrm“, „rrrrrrm“ von einem Heer mit ledriger Haut überzogener Skelette. Es kehlt von überall aus dem undurchdringlichen Schwarz, von vorne, von hinten, von links nach rechts. All diese fürchterlichen Stimmen greifen nach meinen Ohren, wollen durch sie hindurch in mich hinein, das Fleisch aus mir herausreißen und damit ihren Stimmen Ton verleihen. Es klingt so schrecklich in meinem Kopf. Sie greifen nach meinen Ohren und plötzlich spüre ich auch etwas auf der Haut. Es fühlt sich an wie rauer Stoff. Kraftlos und grob streicht es über meinen Körper. Der Ekel fährt mir ins Gebein. Dann röchelt es wieder „rrrrrm“ und undeutlich vernehme ich

ein schwer gepresstes, luftgepresstes „Arr" davor, aus dem ein „Arrrrrm" wird. Ganz deutlich spüre ich, wie sich die ekelhafte Berührung auf meine Arme konzentriert, dort mehr und mehr wird, sich vervielfacht wie die Stimmen, die nun alle „Arm", „Arm", „Arm" röcheln. Ich spüre, wie meine Glieder wieder zu vibrieren beginnen, spüre den Tremor wie er von Neuem beginnt und habe so schreckliche Angst davor, noch einmal die Gewalt über meinen Körper zu verlieren, zu spüren wie ich unter wilden Zuckungen mich nicht mehr auf den Beinen halten kann und dann zu Boden stürze, worauf die Kreaturen aus der Dunkelheit schon lange warten und sich dann allesamt unter lustvollem Röcheln und Krächzen auf mich werfen und mich zerstückeln. Ich schreie so laut ich schreien kann, dass es in meinen eigenen Ohren schmerzt; von allen Wänden, die in der Dunkelheit verborgen bleiben, schlägt meine eigene Stimme mir entgegen. Der Schrei verfängt sich in den Gängen, hallt in die Ferne, kommt zurück, wird schwächer, wird zu einem leisen Summen, das unmerklich verstummt. Lange bleibt es still um mich. Dann höre ich ein Nuscheln, ein unverständliches Flüstern und Wispern. Das Flüstern wird leiser und verstummt. Dann leise, kehlkopflos: „Du musst spielen!" Mir werden Karten in die linke Hand gesteckt. „Mit deinem Leben! Wenn du gewinnst, gehört es dir. Spiel aus! Die erste Karte liegt schon!" „Aber ich sehe nichts! Wie kann ich wissen, welche Karte liegt?" „Deine Karte! Spiel!"
Ich taste mit der rechten Hand nach den Karten in meiner linken, ziehe irgendeine Karte heraus, gehe mit dem Arm so tief bis ich den kalten Boden spüre und lege dort die Karte ab. Ein „Ch, ch, ch" hebt an und irgendetwas zieht an meinem linken Ohr. „Mit jedem Spiel, das du verlierst, verlierst du auch ein Stück von dir!"

„Wie soll ich nicht verlieren? In meiner Hand sind alle Karten gleich! Ich sehe weder wo noch welche Karte liegt. Ich sehe nichts in meiner Hand. Was ist das für ein Spiel, wo der Verlierer feststeht: ich?"

„Spiel aus, wenn du dein Ohr behalten willst! Oder ist es dir nichts wert?"

Ich lege eine zweite Karte in die Dunkelheit. Und wieder „ch, ch, ch". Es war die falsche Karte! Ein schmerzhaftes Kneifen und Ziehen an meinem linken Ohr.

„Wenn du so weiter machst, verlierst du wirklich!"

„Natürlich verliere ich!" rufe ich ärgerlich in die Richtung, aus der die Stimme kommt. „Ich habe ja schon längst verloren!"

„Wie kannst du sagen, dass du schon verloren hast? Du, der du noch alles hast! Du hast ja keine Ahnung, was es heißt zu verlieren! Leg deine Karte, los, und rede nicht, wenn deine Worte so blind sind wie deine Augen!"

Ich lege die dritte Karte, die richtige diesmal, denn statt eines spöttischen „ch, ch" höre ich ein ärgerlich rasselndes „krrr, krrr!"

Da ich nicht sehe oder höre, was vor mir mit den Karten geschieht, wann und ob überhaupt andere Karten gelegt werden, ob ich nur einen oder mehrere Gegenspieler habe, weiß ich nicht, wann ich wieder am Zuge bin. Wer spielt mit wem? Bin nur ich es, der Karten legt? Warte ich zu lange mit dem nächsten Zug, werde ich mit einem garstigen „Spiel aus" angefahren. Nachdem ich die letzte von fünf Karten ausgespielt habe, spüre ich einen schnellen Luftzug über meinem Kopf; fast zeitgleich läuft mir Flüssigkeit in den Gehörgang. Jetzt erst durchfährt mich der Schmerz; ein gellender Schrei folgt meinem Griff dorthin, wo statt meines Ohres nur noch warmes Blut ist und ein Loch, aus dem Blut heraus und in das Blut hinein fließt. Vor

Wut und Schmerzen schreie ich: „Ihr Hunde! Ihr verdammten Hunde!" Statt einer Antwort steckt man mir wieder fünf Karten zwischen die Finger. „Spiel!"

Ich werfe die Karten aus der Hand. „Soll ich so lange spielen und verlieren, bis ihr auch meine Hände und Füße abgeschlagen habt? Fangt ihr dann an, mich aufzuschneiden und mir meine Organen aus dem Leib zu reißen? Warum tut ihr es dann nicht gleich, stecht mir ins Herz und nehmt euch, was ihr haben wollt? Was soll die Folter mit dem Spiel?"

Ich spüre, wie mir die Karten, die ich auf den Boden geworfen habe, wieder in die Hand gesteckt werden.

„Spiel! Und jammre nicht wegen des einen Ohrs! Du hast ja noch ein zweites! Und wie du recht bemerkst hast, auch noch Hände, Füße und vieles mehr!"

„Hab ich das? Aber wie lange noch?"

„Noch lange, wenn du nicht verlierst!"

„Du sagst, dass meine Worte blind sind! Ich frage dich, was sind dann deine? Du redest so, als ob ich irgendeine Chance hätte, aus diesem Spiel, wie du es nennst, anders als zerstückelt herauszukommen, als ob ich eine Alternative hätte zwischen dem Tod am Stück oder dem Tod in Teilen? Ich hatte schon verloren, ehe dies seltsame Spiel begann!"

„Pass auf, ich will dir ein wenig Licht verschaffen! Auch wenn es hier ums Spielen und nicht ums Reden geht. Du meinst, wir spielen falsches Spiel mit dir? Du unterstellst uns, dass wir in dieser finstren Hölle sehen? Du glaubst, dass wir dir Karten geben, die verlieren, und dir ins Blatt sehen, damit wir wissen, was du spielst? Was weißt du schon! Und bis wir dir das Ohr abschlugen, was hattest du Veranlassung, in uns nur Mörder und Falschspieler zu vermuten? Und dass wir dir dein Ohr nahmen – nun gut, es ist ein Ohr, und jeder von uns weiß, wie wertvoll so ein Ohr ist und wie groß der Schmerz, wenn es vom Körper abgetrennt wird. Aber was ist schon ein Ohr für dich, der du bis auf das Ohr noch einen intakten und vollständigen Leib hast, der noch das Leben in sich spürt, der Licht kennt, Freude, Lachen; der Mutter, Vater, Frau und Freunde hat, der frei ist, sein Leben aufs Spiel zu setzen? Wenn ich mit einem Wort die Unwahrheit gesprochen habe, dann hast du Recht und dieses Spiel ist ohne Sinn für dich, weil du es schon verloren hast. Aber dann hast du dein Leben schon lange bevor du dieses Spiel mit uns begannst, verloren! Du bist am Zug! Du hast das letzte Spiel und auch dein Ohr verloren und darfst deshalb die erste Karte spielen."

Ich spiele aus, gewinne das nächste Spiel, verliere die folgenden beiden, woraufhin ich das zweite Ohr und meine rechte Hand verliere. Das Spielen mit nur einer Hand ist mühsam. Ich ziehe mit dem Mund die Karten, verliere wieder, das Spiel und diesmal meine Nase. Ich schmecke Blut. „Nun ist's genug! Was sollen wir noch weiterspielen, wenn ihr beim nächsten Mal auch meine zweite Hand nehmt und ich dann nichts mehr habe, mit dem ich das Blatt halten oder ziehen kann! Macht doch ein Ende mit dem Leiden. Ich habe kaum noch Kraft im Leib; mir pulst das Blut aus allen Wunden. Und wenn ihr mir anstatt die zweite Hand zu nehmen, damit ich weiterspielen kann, den Bauch aufschlitzt und mit der Leber oder sonst was weitermacht, was, denkt ihr euch, bringt es an Zeit fürs Spiel, wenn mir dann auch noch aus dem Unterleib das Blut spritzt?"

„Was willst du? Du lebst doch noch! So lange du noch sprechen kannst und Blut erwähnst, ist auch noch Lebenssaft in dir!"

„Machst du dich lustig über mich? Was ist von meinem Blut und meinem Leben denn noch übrig?"

„Genug für weitere Spiele!"

„Genug für eins vielleicht, das ich verliere!"

„Du hast auch schon ein Spiel gewonnen!"

„Was nützt mir das? Am Ende dieses Spiels steht mein Verlust! Hören wir denn auf, wenn ich gewinne? Nein! Wir spielen weiter, immer weiter. Nie hatte ich die Chance, zu gewinnen und mein Leben zu retten. Dieses Spiel hat kein anderes Ziel als dass ich Stück für Stück sterbe. Wo bleibt da die Offenheit des Ausgangs, der Reiz des Spiels? Habt Erbarmen und macht ein Ende!"

„Erbarmen? Was ist das? Sag es mir! Du redest von Leben, Chance, von Offenheit. Und immer höre ich darin ein ‚mein' und ‚ich'. Hast du schon mal an uns gedacht? Erbarmen forderst du für dich! Was ist mit uns? Steht uns nicht zu, was du für dich willst? Ist das so üblich jetzt: Ich will und will für mich und das Erbarmen obendrein? Spiel aus, damit es, wie du selbst sagst, bald ein Ende hat!"

„Du wirfst mir vor, dass ich nur an mich denke? Sag mir, woran denn ihr denkt, wenn nicht an euch?"

„Was siehst du?"

„Nichts! Nur schwarz."

„Du meinst, wo du nichts siehst, muss trotzdem etwas sein!"

„Ich höre eure Stimmen! Spüre, wie ihr mir Stück um Stück vom Körper schlagt."

„Wem vertraust du? Deinen Augen, deinen Ohren? Ist es dein Denken, das bestimmt, was ist? Wir sind das, was du siehst. Und was du hörst und fühlst ist, was wir gerne wären. Wenn du uns hörst und fühlst, dann ist das unser Wunsch zu sein wie du, unser Durst nach ‚ich' und ‚mein'. Wir sind nichts als unerfülltes Sehnen, schwarz, dunkel, unsichtbar. Nie hatten wir ein ‚ich'; und auch kein ‚du'; nur dieses ‚wir', zu dem man uns gezwungen hat. Wir durften nicht, man hat uns! Wir hatten keine Freiheit, nicht im Leben und nicht im Sterben. Uns hat man genommen, was uns nie gehört hat: unser Leben. Du klagst darüber, nicht sterben zu dürfen? Für uns gab es weder klagen noch dürfen. Nur sterben mussten wir. Du klagst über den Verlust deiner Ohren, deiner Nase, deiner Hand! Die Stücke, die aus unseren Körpern gerissen wurden, haben die Vögel fortgetragen. Da war keine Hand mehr, keine Nase, kein Ohr. Wir wurden in tausend Teile zerrissen. Spiel aus! Noch einmal wollen wir spüren, wie es ist, wenn ein warmes Herz in der Brust schlägt. Leg deine Karte! Mit deinen Augen wollen wir sehen, ob da mehr ist als nichts. Du hast das letzte Spiel verloren! Du hast die Freiheit, ein Neues zu beginnen!"

# Brentanebel

Chiesa, die Kirche, Campanile, der Turm. Der Kirchturm, der Felsturm, von Menschen, von Gott gebaut. Der babylonische Turm, gebaut von Menschen, die sein wollten wie Gott. Campanile Basso, der niedere Turm, von Gott gebaut, von Menschen bestiegen. Auf seinem Gipfel ein Glöcklein, das schon der leichteste Wind bewegt. Am Fuße des Berges eine Kapelle, darinnen die Toten des Berges verzeichnet sind. Auf ihrem Dach ein Türmlein, das eine Glocke birgt. Sie bringt nur Menschenhand zum Klingen. Schaurig läutet das Glöcklein vom Gipfel, gespenstisch verfängt sich sein Echo in den Schluchten und Wänden. Aus dem Tal steigt der Nebel, verschlingt die Bilder der Berge, der Menschen, was ist und was war.

Am achtzehnten August 1899 klettern Otto Ampferer und Karl Berger dreihundertsechzig Grad nach rechts und noch einmal fünfzig Grad nach links um den ganzen Berg bis sie den Gipfel des Campanile Basso erreichen. An der Stelle, an der sie auf ihrem Weg nach oben den Berg einmal umrundet haben und es nur noch weitergeht, wenn sie sich wieder zurückwenden und statt weiter nach rechts nach links klettern, schlagen sie einen Haken, zum Zeichen der Vollendung des Kreises, zur Bestätigung der Richtigkeit des eingeschlagenen Weges bis hier hin und gleichzeitig als Mahnung, dass man einem Weg, der bislang erfolgreich auf das Ziel zuführte, nicht absolutes Vertrauen schenken darf. Über der bestätigten Richtigkeit des bisherigen Weges steht das Erreichen des Zieles, das in der Zukunft liegt. Es ist wichtig, einer eingeschlagenen Richtung konsequent zu folgen; wichtiger ist indes, den eingeschlagenen Weg zu verlassen und in die Gegenrichtung zu gehen, wenn der eingeschlagene Weg nicht zum Ziel, sondern ins Nichts führt. Der Haken, den die beiden in den Fels schlugen, war mit einem eisernen Ring versehen. Hundert Jahre später steckt der Haken noch immer in der Wand. Der Ring, der einmal geschlossen war, ist aufgerissen. Das, wofür er stand, ist vergessen, die Mahnung verhallt.

Am Morgen des ersten August 1965 hing der Regen der vergangenen Nacht als dichter Nebel über der Brentei-Hütte. Citterio hatte mit seinen einunddreißig Jahren die Zeiten, in denen er bei jedem Wetter in steile Wände eingestiegen war, hinter sich. Er wusste, dass an diesem Tag kein neuerlicher Regen niedergehen würde. Nach dem Durchzug der Regenfront würde es einen Tag, wenn nicht gar zwei schöne Tage geben. Am vierten August komme er wieder nach Hause, hatte er seiner Frau Rosa gesagt. Da sie selbst nicht kletterte, malte sie sich die Gefahren, denen sich ihr Mann Citterio aussetzte, viel größer aus, als sie in Wirklichkeit waren. Sie blieb immer in großer Sorge zurück, wenn er in die Berge zog, ließ sich aber ihre Angst nicht anmerken. Sie wusste, wie wichtig ihm das Klettern war und wollte ihm diese Freude nicht dadurch nehmen, dass sie ihn mit ihrer Sorge belastete. Citterio sah das Geröll unter seinen Füßen und im Nebel vor sich das Gesicht seiner Frau Rosa. Er hatte den Basso schon über alle schwierigen Routen bestiegen. Das war, als er Rosa noch nicht kannte. Selten hatte er dabei einen Haken geschlagen. Er fühle sich auch zehn Meter über der letzten Sicherung, einem Holzkeil oder einem verrosteten Haken, stark und sicher. Er hielt es nicht für möglich, auszurutschen und abzustürzen. Er hielt es nicht für möglich, da er nicht daran dachte. Seit er mit Rosa verheiratet war, fing er an zu denken. Sein Denken brachte ihn dazu, die schwierigen und gefährlichen Routen zu meiden; das Klettern gänzlich aufzugeben, war undenkbar. Die Normalroute auf den Campanile Basso fehlte noch als einzige an diesem schönsten aller Brenta-Berge. In der dritten Seillänge spürte er, dass er die Unbedarftheit früherer Zeiten verloren hatte. Die Schwierigkeiten waren in Anbetracht seiner Fähigkeiten gering, aber die Wand war steil und er spürte, wie die Schwerkraft an seinen Nerven zog. In der vorletzten Seillänge musste er von einem Absatz nach links in die senkrechte Wand queren, die an dieser Stelle viele hundert Meter hoch war. Sein Blick fiel weit und ohne Halt in die Tiefe. Er querte in die saugende Leere unter sich. Er suchte nach Griffen und Tritten, die ihn höher bringen würden. Links war ein kleiner Griff, aber kein Tritt. Nahm er diesen Griff, musste er sich mit zwei Fingern weit hochziehen, um mit dem rechten Fuß einen höher liegenden Tritt zu bekommen. Auf Oberschenkelhöhe steckte ein Haken, in Reichweite seines Armes noch einer. Er schaute zurück zu dem Absatz, wo sein Freund stand, der ihn sicherte. Der Standplatz war gut. Ein Ringhaken, der einen Sturz gut aushalten würde. Sollte er diese schwierige Stelle technisch klettern, sich an dem Haken über ihm festhalten und mit dem rechten Fuß auf den anderen Haken stehen? Er schaute nach dem Ringhaken, über den er gesichert wurde, fühlte sich stark und sicher, griff nicht nach dem Haken über sich sondern mit Zeige- und Mittelfinger seiner linken Hand nach der kleinen Felsschuppe, trat mit seinem linken Fuß gegen die Wand, nahm seinen rechten Fuß höher, erreichte den kleinen Tritt, belastete den Tritt und rutschte mit dem Fuß weg. Seine zwei Finger auf dem kleinen Griff konnten den Sturz nicht abfangen, so dass er auch aus dem Griff rutschte. Citterio stürzte ins Seil, das Seil zerrte an dem Ringhaken, über den er gesichert war. Der Ring öffnete sich  und gab den Karabiner, über den Citterio gesichert war, frei. Dreihundertfünfzig Meter fiel Citterio ohne Halt in die Tiefe. Auf dem Geröll am Wandfuß zerplatzte er. Der Freund, der Citterio gesichert hatte, war aus dem Seil ausgebunden gewesen, weil er sich wenig zuvor hatte erleichtern müssen. Nun stand er allein auf dem Absatz, von dem er eben noch Citterio beim Klettern zugesehen hatte. Er stand dort ohne sich zu bewegen, bis ihn Stunden später eine nachkommende Seilschaft ans Seil nahm und vom Berg herunter brachte.

Alberto hatte Großes vor. Er wollte nicht nur den Campanile Basso besteigen, er wollte ihn gleich drei Mal besteigen, und zwar an einem Tag. Alberto zog selten wiederholte Routen auf wenig bekannte Berge den Moderouten auf bekannte Gipfel vor. Der Campanile Basso hatte ihn deswegen bislang wenig gereizt. Als aber ein Arbeitskollege, von dem Alberto nicht gewusst hatte, dass er kletterte und den er für ein Großmaul hielt, überall in der Firma herumerzählte, dass er den Campanile Basso bestiegen habe und ihm daraufhin alle zum Glückwunsch die Hand schüttelten, gewann der Basso für Alberto plötzlich an Interesse. Über den Normalweg wie sein Arbeitskollege den Basso zu besteigen, kam für Alberto nicht in Frage. Über eine der schwierigeren Route zu klettern, war ihm auch nicht genug, da es ihn auch nicht weiter als auf den Gipfel brachte, wo sein Kollege auch schon und zwar vor ihm gestanden war. Also entschied Alberto sich, den Gipfel gleich dreimal zu besteigen, einmal über den Normalweg, und zweimal über schwierigere Routen. Am sechsten Juli 1980 brach er noch vor Sonnenaufgang von der Hütte auf. Er wählte als erste Route den Normalweg. Dort würde es im Laufe des Tages voll werden und er wollte nicht wegen langsamerer Seilschaften warten müssen oder von überforderten und unvorsichtigen Kletterern, wie es sein Arbeitskollege seiner Meinung nach war, mit Steinen beworfen werden. Nach eineinhalb Stunden erreichte Alberto den Gipfel. Er hatte mit Leichtigkeit und um ein Vielfaches schneller als sein Kollege diesen Berg bestiegen. Alles, was nun kam, war, vom Abstieg abgesehen, mehr, ein Plus mit jedem Klettermeter. Alberto überlegte kurz, ob sein Kollege wohl abgeklettert war oder abgeseilt hatte. Alberto entschied sich fürs Abseilen, weil er zum einen vermutete, dass sein Arbeitskollege sicher nicht abgeklettert war; das traute er ihm ganz und gar nicht zu. Zum anderen war er beim Abseilen schneller und stieß nicht mit den Heraufkletternden zusammen. Er hatte sich schon fürs Abseilen präpariert, als er das Glöckchen am Gipfel sah. Sollte er es läuten? „Noch nicht! Erst wenn ich das dritte Mal hier oben stehe", sagte er leise vor sich hin und lachte. Als zweite Aufstiegsroute hatte er sich die Grafferkante vorgenommen. Mit zwei Sechser- und mehreren Fünferseillängen war sie bedeutend schwerer als der Normalweg von Ampferer und Berger. Die dritte und letzte Besteigung an diesem Tag sollte die Fehrmannverschneidung sein. Sie würde den Tag über ähnlich stark frequentiert sein wie die Ampferer und schien ihm deshalb erst für den Nachmittag ratsam. Außerdem bot sie nicht zu große Schwierigkeiten und war deshalb auch noch ohne größeres Risiko zu meistern, wenn er in den zwei vorausgegangenen Besteigungen an Kraft und Konzentration eingebüßt haben sollte. Die Grafferkante war steil und ausgesetzt. Alberto war nicht  mehr so leichtfüßig unterwegs wie in der Ampferer. Vor den schwierigen Stellen musste er seine Arme ausschütteln, um ruhig und unverkrampft die steilen und kleingriffigen Passagen klettern zu können. Einen Sturz konnte er sich nicht leisten, da er ohne Partner unterwegs war und das Seil auf seinem Rücken nicht zum Sichern benutzte, sondern nur zum Abseilen brauchte. Trotz bedeutend höherer Schwierigkeiten in der Grafferkante benötigte Alberto für sie nicht länger als für den Normalweg. Zehn Uhr war es erst, als Alberto das zweite Mal auf dem Gipfel des Campanile Basso stand. Für zwei Besteigungen und einmal Abseilen hatte er insgesamt nur vier Stunden gebraucht. Er hatte damit gerechnet, schnell zu sein, aber nicht so schnell. Alberto streckte die Faust in den Himmel und fühlte sich groß. Er sah das Glöcklein und läutete es heftig aus Begeisterung über seinen eigenen Erfolg. Dann begann er wieder mit dem Abseilen. Die zweite Abseilstelle war auf einem Absatz, an dem Alberto schon zweimal auf seinem Weg nach oben vorbeigekommen war. Er betrachtete den alten Ringhaken und wunderte sich darüber, dass ihm beim ersten Mal Abseilen dieser Ring nicht aufgefallen war. Genau an der Nahtstelle, dort wo der Ring zusammengeschweißt war, fiel ihm ein dunkler Fleck auf, der nicht von Farbe stammen konnte. Er sah aus wie getrocknetes Blut und bedeckte zur Gänze die Schweißnaht. Alberto fädelte das Seil durch den Ring, befestige es an seinem Gurt und begann abzuseilen. Als er an den Rand des Absatzes trat, sich hinaus in den Abgrund lehnte und das Seil belastete, öffnete sich der Ring. Weder das Seil noch Alberto an ihm verfingen sich an einem Felszacken. Beide stürzten viele hundert Meter ungebremst in die Tiefe.

Zwölf Jahre und dreiundzwanzig Tage später kletterte Jan auf den alten Ringhaken zu. In neun Tagen wollte er seinen dreißigsten Geburtstag auf dem Gipfel der Großen Zinne feiern. Seit Jan mit fünfzehn mit dem Klettern begonnen hatte, träumte er von den Dolomiten. Und er hatte nie daran gezweifelt, dass er diesen Traum bis an sein Lebensende träumen würde. Wenn er in die nahe Tatra zum Klettern ging, stellte er sich manchmal vor, es wäre die Nordwestwand der Civetta oder die Südwand der Marmolada. Er war glücklich darüber, heimische Felsen mit den Händen und Füßen zu spüren und Bilder von unerreichbaren Bergen im Kopf zu haben. „Ich bin zufrieden mit allem was ich habe", sagte Jan, „mit dem, was ich tun kann, und mit dem, was ich träumen darf. Würde ich meine Träume realisieren, verlöre ich mehr als ich gewönne!" Als dann der Eiserne Vorhang fiel, änderte sich die Welt um ihn. Vieles von dem, was man sich erträumt hatte, stand plötzlich in den Regalen oder beim Autohändler. Die Traumbilder hatten sich materialisiert und weckten das Verlangen, nach ihnen zu greifen. Auch Jan griff zu. Wenn er nun in die Tatra fuhr, sprach er nicht nur über Dolomiten, sondern auch über das Geld, das er schon gespart hatte, um seinen Traum erfüllen zu können. Vier Wochen Urlaub in den Dolomiten. Von Süden wollte er sich nach Norden vorarbeiten. In der Brenta mit einfachen Routen anfangen und sich dann allmählich steigern. Die großen Wände mussten alle dabei sein, Civetta, Marmolada und natürlich die Zinnen. Am sechsundzwanzigsten Juli 1992 stieg Jan in Poprad in den Zug. Am Morgen des siebenundzwanzigsten holte ihn sein alter Seilpartner Boris am Nürnberger Bahnhof ab. Als der Zug um vier Uhr morgens an der Grenze gestoppt hatte, war Jan nervös geworden; als die Grenzbeamten die Tür zum Abteil öffneten, zitterte er. Mit seinem Pass in der Hand fragten sie ihn, wohin er wolle. „Nach Italien, in die Dolomiten", stammelte er, „klettern!" Sie gaben ihm den Pass zurück und wünschten ihm einen schönen Urlaub. „Sie haben sogar gelächelt", erzählte er Boris. „Dieselben, die dich früher bis aufs Unterhemd ausgezogen und dazu nicht gelächelt, sondern gelacht hätten", erwiderte Boris. Jan konnte sich nicht satt sehen an den schönen Häusern, den guten Straßen, den Autos; alles war so sauber, so neu, so bunt. Als die ersten Berge auftauchten, bat er Boris anzuhalten. Er wollte den realen Bildern Zeit lassen, sich mit den Traumbildern in seinem Kopf zu vereinen. Vor der Grenze nach Österreich wurde Jan wieder nervös. Der Zöllner schaute durch das Fahrerfenster auf die Pässe und in die Gesichter von Boris und Jan, lächelte und wünschte gute Fahrt. Es war Nacht, als sie in Madonna di Campiglio ankamen. Auf einem Parkplatz legten sie sich neben Boris' Auto. Im Schlaf träumte Jan von der Himmelsleiter auf den Crozzon di Brenta und von der Glocke auf dem Gipfel des Campanile Basso. Er griff nach der Glocke und wollte sie läuten, aber sie blieb stumm. So sehr er auch den Klöppel hin und her schlug, die Glocke gab keinen Laut von sich.

Beim Aufstieg zur Brentei-Hütte fühlte sich Jan nicht wohl. Der Anblick der riesigen Felstürme bedrückte ihn mehr, als dass er sich darüber freuen konnte, endlich am Ort seiner Träume angekommen zu sein. In der Nacht zum neunundzwanzigsten wälzte er sich unruhig hin und her. Wenn er für einen Moment einschlief, dann sah er immer wieder einen Ring, der sich öffnete und schloss. Beim Frühstück erzählte er Boris von seinem Traum. „Vielleicht sollten wir noch einen Tag Pause machen, ehe wir klettern gehen", sagte Jan. „Ich habe schlecht geschlafen und fühle mich müde und kraftlos. Außerdem zieht Nebel aus dem Tal herauf." Boris beruhigte Jan: „Der Nebel ist normal in der Brenta. Und wegen des Kletterns brauchst du dir keine Sorgen zu machen. Der Normalweg auf den Campanile Basso ist leicht und ich steige gern alle Seillängen vor." Um acht Uhr brachen die beiden auf. In der vorletzten Seillänge der Ampfererroute stand Boris auf einem bequemen Absatz und sicherte den nachsteigenden Jan über einen geschlagenen Ringhaken. Boris hielt das Seil straff, da er spürte, dass Jan an diesem Tag sehr unsicher kletterte. Plötzlich kam starker Zug auf das Seil. Jan musste ausgerutscht und ins Seil gefallen sein. Boris sah auf den alten Haken und war froh, dass ihn Jans Sturz nicht aus dem Spalt, in den er geschlagen war, gezogen hatte. Aber mit großem Entsetzten sah er, wie sich der Ring, in den er den Karabiner mit Jans Sicherung gehängt hatte, langsam öffnete. Verzweifelt suchte Jan nach einem Riss, in den er einen Klemmkeil legen konnte. Der Ring öffnete sich unter Jans Gewicht immer weiter und der Karabiner war nah daran herauszurutschen und mit Jan und Boris, die durch das Seil miteinander verbunden waren, in den Abgrund zu stürzen. Panisch griff Boris nach den Klemmkeilen an seinem Gurt. Er hatte sofort die richtige Größe in der Hand und konnte ihn an eine gute Klemmstelle in denselben Riss, in dem auch der Haken steckte, legen. Als er den Klemmkeil aus dem Karabiner nahm, rutschten alle anderen Klemmkeile heraus und entschwanden über die Kante des Absatzes, auf dem Boris stand. Er hatte gerade seine Selbstsicherung in den Klemmkeil gehängt, als der Karabiner mit Jans Sicherung daran aus dem gerissenen Ring schlüpfte. In unglaublicher Geschwindigkeit lief das Seil, das Boris bei Jans Höherklettern eingezogen hatte und das auf dem Absatz lag, über die scharfe Kante. In einer halben Sekunde waren fünfundzwanzig Meter Seil über die Abbruchkante geschnellt. Nur noch ein kurzer Moment und alles Seil war über dem Abgrund verschwunden. Dann gäbe es einen gewaltigen Ruck, den der Klemmkeil kaum aushalten würde und Boris würde Jan in die Tiefe folgen. Boris sah auf die letzten Meter Seil, die über die Kante gezogen wurden, schloss die Augen und erwartete seinen Tod. Aber der Ruck, der ihn in die Tiefe reißen musste, kam nicht. Das Seil musste längst aufgebraucht sein. Warum kam keine Belastung auf den Klemmkeil? Boris öffnete die Augen und schaute nach dem Seil. Schlaff hing ein kurzer Rest zwischen ihm und dem Abgrund. Das Ende des kurzen Seiles war in viele kleine Fasern aufgerissen. Die scharfe Kante hatte es durchgescheuert. Das

Leben, das Boris mit Jan verbunden hatte, war auf einmal und für alle Ewigkeit gerissen. Mit Jans Leichnam fuhr Boris zurück nach Poprad und verließ seine Heimat nicht mehr.

Dreizehn Jahre und einen Tag nach Jans Tod steige ich über die Ampfererroute auf den Campanile Basso. Zu Beginn der vorletzten Seillänge stehe ich bequem auf einem Absatz und schaue hinunter auf die tief unter mir liegende Pedrotti-Hütte und die Gedenkkapelle für die abgestürzten Bergsteiger. Aus der Wand ragt ein alter Haken, daran ein weit aufgerissener Ring hängt, der in die Tiefe weist. Auf dem Gipfel verfängt sich der Wind in dem Glöcklein und trägt sein feines Geläut über die Berge.

*Bis auf die Namen der Bergsteiger, den Ort und den Zeitpunkt ihres Todes ist diese Erzählung frei erfunden. Die Namen dieser Bergsteiger und ihre Lebensdaten sind, in Stein gemeißelt, neben vielen anderen Namen in einer Gedenkkapelle neben der Brenteihütte verewigt.*

# Campanile Schnitzel Alto

Ich bin Kletterer. Und ich bin Mitglied der Sektion Schwaben. Sektion Schwaben des Deutschen Alpenvereins. Nicht Albverein! Die vom Albverein, das sind die andern, die Wanderer. Wobei... wenn ich mich so in der Sektion Schwaben umschaue, frage ich mich, ob meine Heimatsektion nicht näher am Albverein als am Alpenverein ist, ob sich Kletterer sein und Mitglied der Sektion Schwaben sein, nicht gegenseitig ausschließen. Vielleicht sehe ich das aber auch nur aus der falschen Perspektive, aus der Sicht eines jungen Wilden, der in einigen Jahren vielleicht auch nur noch wandert. Vielleicht waren all die vielen Wanderer der Sektion Schwaben in ihrer Jugend auch wilde Kletterer wie ich, sind früher auch nie aufs Harpprechtshaus (Schwäbische Alb) gefahren oder hätten sich nie darauf eingelassen, auf die Jamtalhütte (Silvretta) gefahren zu werden. Alles nur ein Generationenverständigungsproblem? Immerhin verbindet mich schon jetzt eine große Sache mit den vielen Wanderern der Sektion Schwaben (zu denen auch ich einmal zählen werde?): die Lust am Essen, die Freude an der Riesenmahlzeit, dem Tellerschnitzel, das den Teller und die Hälfte des Tisches füllt, paniert und stundenlang weich und flach geklopft. Wiener Schnitzel, SchniPoSa! Juchhei! Doch eine Gemeinsamkeit mit all den Nicht-Kletterern in der Sektion! Nur: das Schnitzel auf dem Harpprechtshaus oder auf der Jamtalhütte mag gut sein, gut und reichlich ... für den Wanderer! Aber ich bin Kletterer, Wilder, muss mehr haben, als was den Wanderer sättigt. Für mich muss ein Schnitzel verdient und erkämpft sein! Ein mit dem Auto erfahrenes Schnitzel ist nach meinem Klettererkodex eine Sünde. Ich darf erst dann ein Schnitzel haben, wenn ich genauso viel körperliche Arbeit geleistet habe wie es bedurfte, um dieses Schnitzel aus dem Nichts über das Rind auf den Teller zu bringen. Ich missachte das Leben des Rindes, das sein Leben für mein Schnitzel gab, wenn ich nicht auch Opfer in Form von Schweiß und Atemlosigkeit, Anstrengung und Erschöpfung bringe. Ich will nur und will nur verdient haben das Schnitzel nach einem anstrengenden Tag an steilen Felsen. Nur dann ein Schnitzel und nur dann schmeckt es auch und nur dann darf es ein großes Schnitzel, ein Tischschnitzel sein. Aus dem Problem, dass die Voraussetzungen für ein verdientes Schnitzel weder auf dem Harpprechtshaus noch auf der Jamtalhütte gegeben sind, ergibt sich die Notwendigkeit, auf andere, schnitzelgemäßere Regionen auszuweichen. Gesucht, gefunden in der Brenta, Rifugio Tosa Pedrotti, der Trentiner Schnitzelfabrik. Aber! Vor das Schnitzel hat der Kletterer den Schweiß gesetzt. Und wie herrlich dieser Schweiß in der Brenta fließen darf, wo der Bohrhakenwahn noch nicht eingesetzt hat, der Kletterer noch sich selbst und nicht den Dübeln, Schrauben und Klebern vertrauen muss. In der Brenta weist noch der eigene Kletterinstinkt den richtigen Weg durch die Wand und nicht das Glitzern von rostfreiem Stahl. Zugegeben, auch hier hat sich seit den fünfziger Jahren etwas getan. Auch in den Modetouren gibt es inzwischen Bohrhaken und Abseilketten. Aber nur dort. Und nur dort ist es auch nichts mit der Einsamkeit. Wo die vermeintlich sicheren Haken sind, da sind auch die meisten Kletterer. Aber mit ein bisschen Glück ist man auch am Campanile Basso allein: den Regenschauer am Morgen abgewartet, den Zug der Wolken gedeutet und der wundervoll ausgesetzte „Normalweg" auf den Campanile Basso läuft ohne Lärm und ohne Gedränge ab. Dass man während einer Woche täglichen Kletterns auf jedem Berg allein steht, keinem Menschen in der Route, keinem auf dem Gipfel oder Abstieg begegnet, bei keinem schlechteren Wetter als dem typischen nachmittäglichen Brentanebel, liegt nicht am Monat. Nein, es ist nicht Januar, es ist August! Es ist der Monat, in dem alle Italiener Ferien machen und die Deutschen ihre Klettersteigsets ausführen. Völle auf der Hütte und Völle auf den Klettersteigen, aber Leere in den Wänden. Worin die Gründe liegen? Im Schnitzelfaktor! Der Schnitzelfaktor ergibt sich aus der Höhe der Anstrengung, die notwendig ist, um aus einem gewöhnlichen ein wirklich verdientes Schnitzel zu machen. Bei Harpprechtshaus und Jamtalhütte liegt der Schnitzelfaktor nahe Null, an der Sella immerhin schon bei etwa 5, in der Brenta steigt er auf zehn. Der hohe Schnitzelfaktor in der Brenta setzt sich zusammen aus a) langem Hüttenzustieg (1500 Höhenmeter) und b) schlecht abgesicherten Kletterrouten. Aus der Summe von a) und b) resultiert eine hohe Schweißproduktion (a) Anstrengungsschweiß, (b) Angstschweiß, und aus der hohen Schweißproduktion resultiert der hohe Schnitzelfaktor. Zum reichen Erfahrungsschatz eines alpinen Kletterers gehört das Wissen um Schnitzelnachfrage (gespeist aus dem Schnitzelfaktor) und Schnitzelangebot. Ein hoher Schnitzelfaktor verlangt nach einem hohen Schnitzelangebot. In der Brenta mit ihrem hohen Schnitzelfaktor bietet die Pedrottihütte wahrscheinlich das beste Schnitzelangebot und ist deshalb die erste Wahl für einen wilden Kletterer. Egal, ob man durch den Treptow-Kamin auf die Cima Brenta Bassa klettert (nomineller Schwierigkeitsgrad II, gefühlter Schwierigkeitsgrat IV), oder auf der Videsottroute auf die Cima Margherita (Aufstieg IV, 2 Haken, Abstieg II, keine Haken), immer mündet der anspruchsvolle Klettertag  am Abend auf der Hütte in der Litanei der Bedienung, auf deren Lippen die hungrigen Kletteraugen gierig nach dem Schlüsselwort „Schnitzel" suchen. „Gerstensuppe,

Minestrone, Spaghetti, ..." – die Vorspeise darf nach 10 Stunden Differenz zwischen Frühstück und Abendessen niemals eine andere sein als Spaghetti. Und „als Hauptgang Kotelett, Gulasch, Eier mit Kartoffeln, Schnitzel", darf nichts und niemals etwas anderes gewählt werden als „Schnitzel"!

## Die Unfähigkeit zu bouldern,
## die sich in dessen Geringschätzung äußert

*Ist es noch weit? Nein, man braucht nur den Fluss dort hinten, noch diesen grünen Hügel zu überqueren. Sind wir nicht vielleicht sogar schon angekommen? Sind es nicht diese Bäume, diese Wiesen, dieses weiße Haus, was wir suchten? Für einen Augenblick hat man diesen Eindruck und möchte gerne anhalten. Dann hört man, dass es weiter vorn erst richtig schön ist, und macht sich ohne Eile wieder auf den Weg.*
*(Dino Buzzati: Die Tatarenwüste)*

Für geringschätziges Verhalten gibt es viele Erklärungen. Die plausibelsten sind die, die man spontan für das eigene Verhalten abstreitet. Sollte ich zugeben, dass meine Geringschätzung eines Menschen, der nicht höher als fünf Meter klettert, purer Neid ist auf Bewegungen jenseits meiner Beweglichkeit und auf Schwierigkeiten, jenseits meiner Fähigkeiten? Bin ich ein besserer Mensch, wenn ich meine spontane Reaktion noch einmal überdenke, sie kritisch betrachte, mich selbst kritisch betrachte und mich von mir selbst distanziere, um einem gesollten Selbst näher zu sein? Bin ich als besserer Mensch auch ein glücklicherer Mensch?

Bin ich glücklicher, wenn ich aus zwanzig Metern Höhe auf den fünfzehn Meter tiefer Kletternden heruntersehen kann? Kann das Glück dort sein, wohin ich sehe, wohin mich meine Augen ziehen, wo ich aber nicht bin? Ich kenne die seltenen Momente, in denen ich nicht an die nächste Sicherung und nicht an die letzte Sicherung, nicht an die Konsequenzen aus dem Zusammenspiel von letzter und nächster Sicherung, meinem Verhalten und der Beschaffenheit des Felsens und der Wand denke. In diesen Momenten sehe ich nichts und denke ich nichts; ich bin nur Bewegung und lebe in der Bewegung, die das einzige ist, was ich spüre und was ich in diesem Augenblick bin. In solchen Momenten bin ich glücklich, weil ich nicht über das Glücklichsein nachdenke. Solcher Momente wegen klettere ich. Ich bin ganz und gar aufgelöst in meinem Tun, bin ganz greifende Hand, gespannter Muskel, reine Bewegung. Ausgelöscht alles Denken, alles Wissen; Begriffe, Furcht – alles ist erloschen, was mehr ist als diese Bewegung. Diese Momente des reinen körperlichen Seins sind Funken der Ewigkeit.

Dies und nichts anderes vermag das Klettern zu etwas zu machen, was Christen mit religiöser Erfahrung in Verbindung bringen dürfen. Ich höre sie reden von der Gottesnähe auf Bergen, in der Natur, in der Ruhe, von der Schönheit der Schöpfung. So reden sie, die Anhänger einer Naturreligion, die Anhänger der Höhenheiligtümer, die Anbeter heiliger Quellen und Steine. Aber dies ist nicht das Du, das in Gemeinschaft mit dem Ich den Kern der frohen Botschaft des Christentums bildet!

Ich sollte besser hinauf- als hinabschauen auf den, der nicht das Große, sondern das Kleine erreichen will, der nie mit der Größe eines Berges zum Größenwahn verführt wird, der sich nie oben stehend als über allem und allen stehend, erhoben, als Herrscher, gottnah, gottgleich fühlt, höher, besser als alle und alles, weil er so hoch, so weit erhöht ist über die Menschen und das Menschliche. Und natürlich, wer einmal Gott war, kann es nicht lange leiden, nur Mensch unter Menschen zu sein. Er muss sich selbst wieder und wieder zu den Bergesgipfeln hinauftragen, sich selbst durch jesuanische Marter den Platz auf Gottes hohem Thron erkämpfen. Vom Erhöht-Sein kann ich niemals lassen, bis dass ich noch weiter hinauf fahre, in den Himmel. Ich habe es einmal geschmeckt und muss es darum immer wieder schmecken. Wer das Große gefühlt hat, kann im Kleinen keine Erfüllung finden. Bouldern kann ich darum niemals.

Bouldern reduziert die komplexe Welt auf ein klar definiertes, lösbares Problem. Aus der unermesslichen Weite, in die der Mensch geworfen ist, aus den unbezwingbaren Bergen, die sich rundum um uns erheben, schneidet das Bouldern den Horizont und alles, was weiter als eine Armlänge entfernt ist, heraus. Da nur das, was gegriffen auch begriffen werden kann, bewegt sich der Boulderer nur in einer Welt, die ihm zum Greifen nah ist. Bouldern ist die Therapie für den in einer entgrenzten Welt verlorenen Menschen. Sie erlöst ihn, weil sie ihm zeigt, dass es nicht nur Probleme, sondern auch Lösungen gibt, und weil sie ihm zeigt, dass Problem und Lösung nahe beieinander liegen und zwar so nah, dass sie mit den Händen greifbar sind.

Wie sich die Erde seit Anbeginn vom Wenigen, Ein- und Einfachzelligen zum Vielen, Verschiedenen und Mehrzelligen ausdifferenziert hat und weiter ausdifferenziert, so differenziert sich auch der aus der Differenzierung des Irdischen hervorgegangene Mensch und alles, was aus ihm hervorgeht. Dabei koppelt er sich zeitlich von allem Irdischen ab, indem er exponentiell beschleunigt, sich selbst und sein Geschaffenes. Aus Bergsteigen wurde Sportklettern, Alpinklettern, Höhenbergsteigen, Mixed-Klettern, Bouldern, Deep Water Soloing, Wasserfallklettern, Indoor-Klettern, Trekking, Big Wall Klettern, Wettkampfklettern, Speedklettern usw. Vieles davon hat sich erst in den letzten zehn Jahren herausgebildet. Reiht man die Liste nach der Kletterhöhe, dann steht Bouldern ganz unten. Niemand entfernt sich so wenig vom Boden wie ein Boulderer. ‚Höher', ‚schneller', ‚weiter' interessieren ihn nicht. Sehr viel stärker als die anderen Formen des Kletterns nähert sich das Bouldern der Digitalität. Es gibt keine offenen Skalen des „Wie" und des „Wie weit", sondern nur die zwei Alternativen „ja" oder „nein", geschafft oder nicht geschafft. Der Boulderer sucht sich ein Stück Fels und in dem Stück Fels ein Problem. Das Problem ist nicht einfach da, so wie ein Berg oder eine Wand an einem Berg, sondern das Problem muss erst gefunden und gesucht werden. Ein Boulderer schafft sich ein Problem, der Kletterer hat ein Problem! Wer sich selbst das Problem schafft, kann selbst bestimmen, wie das Problem aussieht; wer sich mit Problemen konfrontiert, die er nicht selbst geschaffen hat, kann nur auf seine Versuche zur Lösung des Problems Einfluss nehmen, nicht auf das Problem selbst! Ist deshalb der Freudenbrunnen, aus dem ein Boulderer schöpft, ergiebiger als der, aus dem der Kletterer schöpft? Weil das Problem einfacher zu lösen ist, weil Problem und Lösung in einer, derselben Person liegen, weil Problem und Lösung so nah beieinander liegen, kaum weiter als eine Armlänge entfernt? Und wie ist es mit dem Ich und dem Du? Der im Prozess der Differenzierung verschwundene Bergsteiger pries die Bergkameradschaft als hohen ethischen Wert, dem er sich verpflichtet fühlte. Der Höhenbergsteiger weist offen jede Verantwortung und Verantwortlichkeit für das Du von sich, der Wettkampfkletterer benötigt zum Aufbau seines Ich das Scheitern des Du, beim Deep Water Soloing wird schon im Begriff jeder Gedanke an ein Du ausgeschlossen. Und die Erben des Bergsteigers, die Alpinkletterer, wissen längst, dass der Seilpartner, mit dem sie auf Leben und Tod verbunden sind, am einen Ende des Seiles weit weg ist, und man selbst am anderen Ende des Seils auf sich allein gestellt ist bei der Lösung unvorhersehbarer Probleme. Alpinkletterer wissen auch, dass das Seil nicht nur einen tödlichen Absturz verhindern, sondern auch einen tödlichen Absturz verursachen kann. Wie viel mehr als der Händedruck auf dem Gipfel ist die Gemeinschaft von Ich und Du bei den Erben der Berg-Heil- und Bergkameradschafts-Bergsteiger?

Der Boulderer geht so selten allein zum Bouldern wie der Alpinkletterer zum Alpinklettern. Und dennoch ist er weniger allein, ist seine Gemeinschaft größer als die Summe von Ich-Größen. Verantwortlich dafür ist die im Vergleich zum Alpinklettern Kleinheit und Kompaktheit des Problems. Eine große Wand und ein großer Berg erfordern ein großes Ich. Ein fünf Meter hoher und zehn Meter breiter Felsklotz mit einem achtzügigen Boulderproblem verlangen keine Größe. Ein Boulderer teilt, ein Boulderer ist nah. Er teilt das Problem und hilft es zu lösen. Wo ein Boulderer ist, da ist nicht nur ein zweiter, sondern auch ein dritter und vierter. Man spricht und lacht und steht beieinander. Man braucht kein Seil, da man sich gegenseitig hält. Man ist sich nah, körperlich nah, berührt sich. So nah wie die Menschen ist das Problem und seine Lösung und mit seiner Lösung die Freude. Nicht jenseits des großen Berges, den ich von dem großen Berg aus sehe, auf dem ich gerade stehe, nicht in der Ferne, die immer fern bleibt, sondern in diesem kleinen Felsklotz, den ich greife und begreifen kann, an den zu greifen genug ist, um zu begreifen, könnte ich die Freude finden, zusammen mit den anderen, die nah bei mir sind, mich berühren und mich halten. Wenn ich könnte! Aber ich kann nicht. Ich habe die Größe geschmeckt und muss hinauf, um hinabschauen zu können. Ich habe gewählt und schaue verächtlich hinab auf die anderen und sehe dabei nichts anderes als mich selbst.

## Gewitter über der Fiames

Meine Seele ist gezeichnet von Bildern des Todes und des Verlusts. Auf dem Weg, den mich mein Leben durch diese bergige Welt führt, sah und hörte ich zu viele Menschen, die aus ihrem oder aus meinem Leben schieden. Sie starben vor meinen Augen, sie starben vor anderer Menschen Augen; sie starben ungesehen, einsam. Ich sah Menschen, Bergsteiger, Kletterer, die sich unwissend und lachend die Schlinge um den eigenen Hals legten, ohne Respekt vor dem eigenen kostbaren Leben, gedankenlos, blind in die ewig Blindheit rennend. Menschen, die sich kurz in mein Leben einbrannten und Menschen, die lange an ihrem Portrait in mir malten. Manche treten aus meinem Leben wie sie in mein Leben getreten sind, manche anders. Sie sterben, indem ich sie nicht mehr höre, nicht mehr sehe, nicht mehr spüre, nicht mehr an sie denke. Und ich weiß nicht, ob ich sie wieder sehe bevor auch die Möglichkeit sie zu sehen gestorben ist. Der Verlust gemeinsamer zukünftiger Zeit hat die Qualität des Todesschmerzes. Furchtsam und ängstlich ist meine Seele über die Jahre geworden. Ich habe Angst zu verlieren, mich selbst und andere. Ich will festhalten auf ewig die Freude an dem, was die Erde und alles auf ihr meinen Sinnen schenkt. Sterbe ich, dann stirbt auch der Duft frisch gemähter Almwiesen für mich, dann kann ich nicht mehr die weichen Triebe der Dolomitenlärchen mit meinen Fingerkuppen fühlen, keine warmen Lippen mehr mit meinen Lippen streicheln. Dies alles ist zu reich, zu schön, zu betörend, als dass ich es zu verlieren ertragen kann. All dies erkannte ich sehr lange nicht. Und als mein Geist zur Einsicht kam, erwachte die Furcht. Ein Hasenherz bin ich geworden; ein Kletterer, der sich von Haken zu

Haken zittert und dessen Angst zu sprechen beginnt, wenn die Haken ausbleiben. Dass ich unter diesen Umständen überhaupt noch klettere, gehört zu den vielen Rätseln des Kletterns und Bergsteigens; dass ich unter diesen Umständen ausgerechnet die Dolomiten als mir liebstes Ziel wähle, ist ein Paradoxon. Denn das Klettern in den Dolomiten ist durch extreme Ausgesetztheit und extreme Hakenarmut beziehungsweise extreme Überalterung der vorhandenen Haken gekennzeichnet. Und dennoch zieht es mich Jahr für Jahr dorthin, verbringe ich dort meine freien Tage in Angst und Schrecken. Ich kommuniziere mit meinen Händen und Füßen, spreche flehentlich zu Felsen, Karabinern und Klemmkeilen. Am Ende der Schwierigkeiten bin ich nass bis auf die Haut und mein Schweiß riecht nach Angst. Unter diesen Voraussetzungen ist die Begehung extremer Routen gänzlich undenkbar. Selbst moderate Schwierigkeiten verlangen mir das Äußerste ab.

Unweit der Stadt Cortina d'Ampezzo, wo ich das erste Mal Eis der Geschmacksrichtung ‚Apfelstrudel' genoss, steht die schon dem Namen nach nicht sehr ausgeprägte Punta Fiames in einer langen Gratkette. Ausgeprägt an dieser Graterhebung ist allein die Kante, die ab ihrer oberen Hälfte ein allzu beliebtes Kletterziel für ähnlich angstschweißige Kletterer wie mich darstellt. An einem Riss, der so rau ist wie ein glatt polierter Speckstein, so viele Vorsprünge und Löcher für meine Extremitäten aufweist, wie der Stützpfeiler einer Betonbrücke, begann ich meine Litanei: „Ruhig, Harald, ganz ruhig! Du musst nur den linken Fuß auf diese Kante stellen und dann den rechten in den Riss hinein. OK! Ruhig, ruhig! Guter Tritt, das ist ein guter Tritt! Durchatmen, Harald, durchatmen!" Es beschämte mich, dass keine halbe Stunde vor mir ein Amerikaner ohne Seil und ohne Partner dieselbe Stelle geklettert war. Wenige

Minuten nach diesem Riss krachte der Donner über uns. Auf einer Schulter etwa zweihundert Meter links von uns stand eine Gruppe von Menschen. Hinter ihnen sah ich eine gewaltige Gewitterfront heranziehen. Der nächste Donnerschlag! Es dauerte keine Minute, bis aus den Regentropfen erst ein Prasseln, dann eine Flut wurde. Der Lärm des auf unsere Jacken und Kapuzen einschlagenden Wassers war ohrenbetäubend. Ich schaute hinüber zu der Menschengruppe. Sie war weg. Ihr Seil war nicht wie unseres aus Kunststoff. Ihr Seil war aus Eisen und führte auf die Gipfelspitze dieses Berges, in die das Unwetter seine Blitze schlug. Doch unsere Lage auf der Kante war nicht weniger prekär. Zwar standen wir in keinem Klettersteig, dessen Drahtseil wie ein Blitzableiter funktioniert, aber die scharfe Kante, an der wir hingen, würde des Blitzes zweite Wahl nach der des Stahlseils sein. Ich schaute in den finsteren Himmel, aus dem der Regen auf die Erde geschleudert wurde, wollte die Entfernung des Gewitters ermessen, zählte nach dem nächsten Blitz, zählte ,eins', da krachte der Donner über uns und hallte zwischen den Felswänden wieder. Das Zentrum des Unwetters befand sich direkt über uns. Schon in der nächsten Sekunde konnten tausend Ampère die Kante hinab, direkt auf uns zu und direkt durch uns hindurch fließen. Auf einmal war ich kein Hasenherz mehr. Die reale Lebensgefahr hatte alle Angst aus meiner Seele und aus meinem Körper getrieben. Ich wusste, dass wir sterben konnten, im nächsten Augenblick schon, sterben und tot für alle und für immer. Und alle Furcht war weg. Im tosenden Regen, über uns kein abwechselndes sondern gleichzeitiges Donnern und Blitzen, kletterte ich weiter. Ich sprach nicht, ich zitterte nicht. Ich griff nach dem nassen und kalten Fels, spürte die Eiskörner, die in meine Finger stachen, setze den Fuß höher, hängte das Seil in den Karabiner ein, hörte die

Hageleinschläge auf dem Helm, griff in den Riss, durch den das Wasser schoss, kletterte weiter, immer weiter. In einer Nische, abseits der Kante und dem Regen weniger stark ausgesetzt, blieb ich stehen und schrie ‚Nachkommen!' Kreuz und quer schossen die Blitze über den nachtschwarzen Himmel. Jeder Schlag erhellte wie das Licht von tausend Sonnen für den Bruchteil einer Sekunde die unwirkliche Nacht. An die Felswand gelehnt starrten wir hinaus in das Inferno. Allmählich wurde der Regen schwächer. Das Unwetter zog nach Süden, griff nach dem Gipfel des Antelao und schlug mit ganzer Kraft auf ihn ein. Doch davon sahen wir nichts. Die Wolken hatten die Pyramide des Antelao verschluckt. Bevor das nächste Unwetter anrückte, mussten wir weiterkommen. Es war weiter als wir gehofft hatten. Tapfer und laut fluchend kämpfte sich mein Seilgefährte durch den folgenden nassen und kalten Riss. Über meine Lippen kam kein Laut der Furcht oder des Schreckens. Mit den Blitzen in meinen Augen und der Kälte und Nässe auf meiner Haut war alle Angst aus meinem Herzen gewichen. Egal ob ich an Haken sichern konnte oder nicht, ich stieg ruhig und sicher Meter um Meter höher. Ich musste nicht mit dem Felsen, nicht mit meinen Extremitäten, nicht zu mir selbst sprechen, um gegen die Angst anzugehen; ich hatte keine Angst!

Die Felsen trockneten schnell. Dann standen wir auf dem Gipfel der Punta Fiames. Im Nordwesten wartete die nächste Wolkenfront. Vier Engländer standen vor uns. Es war die Menschengruppe, die ich weit links von uns im Klettersteig gesehen hatte. Ich war froh, sie hier zu sehen, unversehrt. Als ich am folgenden Tag wieder klettern ging, hatte die Angst mich wieder fest im Griff. Aber in mein Herz ist Ruhe eingekehrt, denn ich weiß, dass ich keine Angst haben werde, wenn er kommt, um mich zu holen: der Tod.

# Innominata

Es gibt Momente im Leben eines Bergsteigers, in denen ihm plötzlich klar wird, dass er in einer anderen Welt lebt. Solche Momente intensiver Reflexion über das eigene Tun und Sein werden meistens von außen evoziert. Zum Beispiel durch die Frage der Freundin, ob es in Anbetracht der baldigen Geburt des gemeinsamen Kindes noch sinnvoll ist, sein Leben im Frêney-Pfeiler zu riskieren. Da solche Fragen für einen passionierten Bergsteiger jedoch höchst selten sind, sind auch die Momente der Selbstreflexion und damit das Gefühl, sich in einer anderen Welt zu befinden selten. In einer Welt von tausend Meter hohen, kalten, vegetationslosen, abweisenden felsigen und eisigen Wänden fühlt sich der Bergsteiger zuhause und geborgen. Die schwierige und einsame Kletterei im Kalk der Dolomiten oder im Granit des Mont Blanc Massivs sind für ihn die wahre und bessere Welt, die horizontale Fortbewegung mit dem asphalten Horizont unter den Füßen, den Händen in den Hosentaschen und dem Geknatter von Autos und dem Geschnatter von Menschen in den Ohren die falsche Welt. Nicht-Bergsteiger sehen das anders. Jeder hält die Welt, in der er emotional lebt, für die wahre Welt. In der Apperzeption der jeweils anderen Welt wird sowohl dem Bergsteiger als auch dem Nicht-Bergsteiger klar, dass es neben der eigenen noch eine andere Welt gibt, dass es außer der Kälte des Eises und der Finsternis auch die angenehme Kälte aus der Bierflasche gibt, dass es außer dem angenehmen bewegungslosen Schwitzen in der Sauna auch das lästige Schwitzen durch intensive Muskelarbeit gibt. Besonders in einer Stadt wie Chamonix sind die Begegnungen der verschiedenen Welten mannigfach. Unrasierte, ausgehungerte Kletterer, die nach drei Tagen in der Dru endlich wieder etwas Vernünftiges zu essen bekommen, dinieren neben einem Paar in Mailänder Operngarderobe, das auf der Aiguille de Midi gefrühstückt und in Montenvers zu Mittag gegessen hat. Das Löffeln der Suppe, das Schneiden des Fleisches, der Schluck aus dem Glas, zerkauen, verdauen, alles das mag ähnlich aussehen, hat aber je nach Weltzugehörigkeit der Dinierenden völlig verschiedene Qualitäten. Erwachsen daraus irgendwelche Probleme? Möglicherweise schmeckt Madame der Fisch nicht mehr, weil das Käsearoma aus des Bergsteigers Schuhwerk sich auf den Lachs in Madames Gaumen legt – kleines Problem. Möglicherweise möchte der Bergsteiger am Tag nach der Speisung im Tal per Anhalter mitgenommen werden, um durch den Mont Blanc Tunnel auf dessen Südseite zu gelangen, aber kein Bergsteiger kommt vorbei gefahren und hält an. Vorbei fährt nur Madame und ihre Welt – großes Problem.

Da man als Mont-Blanc-Massiv-Südseitengeher fast zwangsläufig zum Anhalter wird, Anhalter in Chamonix jedoch eine zu ignorierende Spezies sind, ist es gut möglich, dass die schwierige Tour auf den Mont Blanc von Süden gar nicht zustande kommt, weil die an sich einfache Zufahrt ein unüberwindbares Problem darstellt. Das eigene Auto zu benutzen und damit durch den Tunnel zu fahren löst das Problem nicht, es ändert nur seine Himmelsrichtung. Da der sinnvollste, da einfachste Abstieg vom Mont Blanc nach Norden geht, hat man als Südseitenaufsteiger immer das Problem: wie komme ich wieder zu meinem Auto? Parkt man das Auto auf der Südseite, dann hat man das Problem nach der Tour, parkt man es auf der Nordseite, hat man es vor der Tour. So interessant eine Überschreitung ist, so schwierig wird dadurch die Transportlogistik. Es soll durch den Mont Blanc Tunnel Linienbusse geben! Wir sehen während unseres zwei Stunden langen vergeblichen Wartens auf eine Mitfahrgelegenheit keinen einzigen. Dass für zwei Leidensgenossen der Leidensdruck zu groß wird und sie schließlich ihr Auto holen, ist unser Vorteil. Sie nehmen uns mit durch den Mont Blanc Tunnel. Wie sie, die ja auch von der Südseite auf- und am leichtesten auf die Nordseite absteigen, wieder zu ihrem Auto kommen, ist unser Problem nicht. Für uns ist mit dieser Mitfahrgelegenheit das Transportlogistikproblem gelöst: wir sind auf der Südseite und unser Auto steht auf der Nordseite, dort, wohin wir absteigen werden. Und 7 Euro pro Person (bei 4 Personen im Wagen) sind für die Tunneldurchquerung wirklich günstig.

Bedauerlicherweise ist am Ende des Tunnels nicht der Anfang des Hüttenzustiegs! Ist man nämlich im Besitz einer gut aussehenden französischen Karte des Gebiets und verlässt sich auf diese, dann ist die Wahrscheinlichkeit, die Monzino-Hütte – Ausgangsbasis für den Innominata-Grat – zu erreichen, gering. Die falschen Angaben auf der Karte führen erstens zu stundenlangem Umherirren auf nicht mehr existenten Wegen, zweitens nicht zur Hütte, drittens zu Flüchen und Verwünschungen, viertens, nach Abklingen des Erregungszustands, zu Resignation und Motivationsverlust: Innominata-Grat gestorben. Damit hat man jedoch das zuvor gelöste Problem, dass das Auto auf einer anderen Seite des höchsten Alpenberges steht als man selbst, wieder am Hals! Deshalb die Karte zwingend im Rucksack lassen und sich ausschließlich auf die Schilder verlassen, die da sagen „Rifugio Monzino"; dabei nicht zu weit ins Val Veny hineingehen, sondern frühzeitig auf die orographisch linke Seite des Baches queren. Nur bei Berücksichtigung dieses Ratschlages hat man eine Chance, den Klettersteig zur Monzino-Hütte vor Einbruch der Dunkelheit zu erreichen. Gehört man allerdings zur aussterbenden Spezies der mittellosen Kletterer, dann hat die Überlegung, den Hüttenzustieg und damit die Hütte absichtlich nicht zu finden, durchaus ihre Berechtigung. Die Monzino-Hütte ist nämlich so unglaublich teuer, dass manch einer bei 45 Euro für die Halbpension die Nacht im Biwaksack der Nacht in der Hütte vorzieht. Spart man sich die Hütte, dann spart man sich auch das endlose Lamentieren des Hüttenwirts über das völlig überfüllte Eccles-Biwak, das den einzigen Grund hat, den Bergsteiger vom Aufstieg zur Biwakschachtel abzuhalten, um ihn noch einen weiteren Tag melken zu können. Besitzt man so viel Geld, dass man ein Auto auf der Nord- und ein zweites Auto auf der Südseite abstellen kann, dann ist die Übernachtung und das Essen in der Monzino-Hütte sehr zu empfehlen: es werden reichhaltige und lecker zubereitete Portionen serviert.

Von der Monzino-Hütte, nach der 7. Auflage von Hartmut Eberleins Mont Blanc Führer irgendwo zwischen 2590 m und 2663 gelegen, gibt es mindestens zwei Wege zum Eccles Biwak, dem Ausgangspunkt für den Innominata-Grat wie auch für die Frêney-Pfeiler. Den einfacheren Weg über den Brouillard-Gletscher wählen wir nicht. Wie für den Peuterey-Grat gibt es auch für den Innominata-Grat so etwas wie eine Integral-Variante. Gewöhnliche Westalpen-Geher klettern den Peuterey-Grat, ungewöhnliche Westalpen-Geher den gesamten Peuterey-Grat, auch Peuterey Integral genannt. Gewöhnliche Westalpen-Geher klettern den Innominata-Grat, Biwak-gewohnte und steinschlagresistente Westalpen-Geher klettern den gesamten Innominata-Grat. Entscheidet man sich für den gesamten Innominata-Grat, so kann man während der Süd-Nord-Überschreitung der Pointe l'Innominata (irgendwo zwischen 3729 m und 3730 m) einerseits die gewaltigen Ausmaße des gesamten Peuterey-

Grates bewundern, anderseits den Bergsteigern zusehen, wie sie auf dem leichteren und schnelleren Weg zum Eccles-Biwak über den Brouillard-Gletscher Zeit gut machen und alle Plätze in der Biwakschachtel belegen. Bedauerlicherweise scheiterte unsere Süd-Nord-Überschreitung der Innominata am halsbrecherischen Zustand des Nordgrates. Hartmut Eberleins Führer bewertet den Nordgrat mit peu difficile; der Zusatz «schlechter Fels» ist im Zusammenhang mit diesem Grat ein gigantischer Euphemismus. Ich schätze die Wahrscheinlichkeit, über den Nordgrat der Innominata den Col du Frêney lebend zu erreichen, als gering ein. Die Alternative, den im zweiten Schwierigkeitsgrad im Aufstieg hübsch kletterbaren Südostgrat teilweise wieder abzuklettern, dann sich über die steile und brüchige Westflanke zuerst im Fels, dann über ein 45 Grad steiles Eisfeld hinabzufürchten, ist nur geringfügig sicherer. Es sollte sich also jeder, der den Innominata-Grat inklusive Pointe l'Innominata klettern möchte, reichlich überlegen, ob er sich den gefährlichen Abstieg von der Innominata wirklich zumuten und einen wichtigen Platz im Eccles-Biwak riskieren möchte. Unser Abstieg von der Innominata wäre beinahe tödlich für uns und zwei Bergsteiger unter uns ausgegangen: die Sonne hatte über uns zehn Lkw-Ladungen tonnenschwerer Granitblöcke aus dem Eis getaut, die plötzlich aus der Höhe auf uns herunterstürzten, neben uns einschlugen und dann weiter in Richtung der Bergsteiger auf dem Brouillard-Gletscher unter uns rollten.

Dass es vom Col du Frêney zum Eccles Biwak nur wenige Meter sind, ist eine optische Täuschung! Die halbrunden Wellblechhütten, von denen es, siehe da, zwei und nicht nur eine gibt, sehen nah aus und sind doch fern. Augen und Verstand haben hier Schwierigkeiten mit den Größenverhältnissen. Der zentrale Frêney-Pfeiler sieht nach 5 Seillängen aus und ist doch

500 Meter hoch. Und von den Eccles-Biwakschachteln sind es noch fast tausend Höhenmeter bis auf den Gipfel des Mont Blanc. Und vor die Biwakschachteln hat der Brouillard-Gletscher einen Bergschrund gesetzt. Fünf Meter 70 Grad steiles Eis wären ja ganz nett, wenn nur die Lunge nicht explodieren wollte. Knapp unter 3900 Meter galoppiert meine Lunge wie John Waynes Ross bei der Verfolgung von bösen Bankräubern. Raumgewinn und Bewegungsfluss meiner Beine gleichen dabei mehr der Gangart eines Chamäleons als der eines Pferdes!

In der größeren der beiden Biwakschachteln gibt es noch Platz für uns. Die größere Biwakschachtel hat 9 Plätze, die kleinere 6. Decken sind vorhanden, allerdings nur eine pro Lagerplatz.

Nur wer den Weiterweg von den Eccles-Biwaks zum Col Eccles kennt, sollte am Morgen vor Sonnenaufgang aufbrechen. Es gibt zwar Steinmänner, davon aber entweder zu viele oder zu wenige. Im Dunkeln die Granit-Steinmänner von ihrer wenig kompakten Granitumgebung zu unterscheiden, ist ein zeitraubendes Suchspiel, das auf dem Felsrücken zwischen Frêney- und Brouillard-Gletscher leicht mit einem tödlichen Sturz enden kann. Schon bei Tageslicht ist der Weg von den Biwakschachteln hinauf zum Col Eccles nicht leicht zu finden. Und da es ja „nur" ein Zustieg ist, geht man auch in der Regel ungesichert, hat dabei Kletterstellen bis zum 3. Grat zu bewältigen. Vom letzten Aufschwung vor dem Col muss man wenige Meter absteigen bzw. abseilen und gleich in der ersten Rinne, die nach rechts hinaufzieht, wieder hinauf und zurück auf den Grat. Dann noch eine kurze Abseilstelle und man hat nach wenigstens zwei Stunden seit Verlassen der Biwakschachtel den Col Eccles erreicht. Hier beginnt laut Führer der Innominata-Grat. Hier muss man zu den Frêney-Pfeilern nach rechts abbiegen. Obwohl der Innominata-Grat wenig ausgeprägt ist, folgt die Route logischen Linien und ist daher nicht allzu schwer zu finden. Die ersten Seillängen klettert man mehr oder weniger direkt in Verlängerung des Cols hinauf, mal etwas links, mal etwas rechts des „Grates". In einem steilen Kamin weist eine fixe Schlinge den Weg. Die Schlinge, die man mit Rucksack auf dem Rücken und steigeisenfesten Schuhen an den Füßen gerne als Griff benutzt, legt die Vermutung nah, dass hier die Kletterschwierigkeit weit über dem 3. Grad liegt. Nach dem Kamin ein paar Meter flach an einer Wand entlang und dann nach links hinauf, in ein Loch und trickreich rechts sich hoch windend aus diesem Loch wieder heraus. Nach mehreren Seillängen im zweiten bis dritten Grad kommt man auf einen kurzen Firngrat. Hier wendet sich der Weiterweg nach links. Eine steile und schmale Eisrinne, die sich nach oben zu einem breiten Kessel weitet, sollte so schnell wie möglich gequert werden. Die Momente, in denen hier keine Steine einschlagen, sind selten. Auf dem gegenüberliegenden Felsrücken, der sich bald verbreitert, geht es etwa 150 Meter aufwärts, steil und splittrig. Die splittrige Wand mündet links in einem Couloir, in dessen tiefstem Grund ein Eisschlauch in einer Verschneidung nach oben zieht. Insbesondere die letzten Meter in der Verschneidung, bevor sie auf einen aussichtsreichen Kamm mündet, sind von sehr unzuverlässiger Gesteinsqualität. Die Schwierigkeiten in der Verschneidung liegen zwischen dem 3. und 4. Grad, bei starker Vereisung bei etwa 50 bis 60 Grad Steilheit.

Nach der Verschneidung meint man, das Schlimmste hinter sich zu haben, und hat es auch, bezüglich der Gefahr des Steinschlags. Die Schwierigkeiten allerdings sind noch nicht vorbei, sie verlagern sich nur vom reinen Felsklettern auf kombiniertes Gelände und auf Eisklettern. Dazu kommt die immer stärker spürbare Sauerstoffknappheit auf 4500 m Höhe. Vier Seillängen sind es noch vom Ende der Verschneidung auf den Brouillard-grat, der nach rechts zum Mont Blanc de Courmayeur leitet, eine Seillänge Eis und Fels gemischt, drei Seillängen 55 Grad steiles Eis. Gerne wären wir das Eisfeld seilfrei hochgerannt, es sieht so kurz und einfach aus. Es ist aber lang und anstrengend. Steht man endlich auf dem Brouillardgrat, kommt beim Anblick des schräg gegenüber liegenden Mont Blanc ein wenig Freude auf, den Innominata-Grat hinter sich gebracht und den Gipfel in naher Ferne zu haben. Die letzten Felsaufschwünge des Brouillardgrates enden glücklicherweise jeweils direkt im Firn; kein unangenehmes Abklettern 800 Meter über dem Frêney-Gletscher. Die Konzentrationsfähigkeit ist nach 12 Stunden Kletterei auf über 4000 Metern Höhe nicht mehr die beste. Über einen Firngrat geht es zum Fuß des Felsaufbaus des Mont Blanc de Courmayeur. In leichter Kletterei auf ihn hinauf, und dann auf der Südwestseite eines letzten Firngrates hinüber zum verdienten Mont Blanc Gipfel.

In das Tal weit unter uns haben schon die Wolken die Nacht gebracht. Unser Horizont ist der Mont Blanc. Links von ihm versinkt die Sonne vor unseren Augen und bringt einem anderen Kontinent den Tag. Schnell werden die Zehen kalt. Kurz vor dem Gipfel stecken zwei Bergsteiger in einem Biwaksack. Um acht Uhr abends stehen wir alleine auf dem höchsten Berg der Alpen. Alle Berge und Täler dieses Kontinents liegen unter uns. Wir sind erschöpft wie lange nicht mehr und sehr froh, lebend auf diesem Gipfel stehen zu dürfen. Nur wenige Minuten stehen wir in der Herrlichkeit. Es wird zu kalt, es ist zu spät. Der leichte Abstieg über den Normalweg ist uns in unserer Erschöpfung ein willkommenes Geschenk. So leicht fliegt es sich nach all den Strapazen auf der ausgetretenen Spur hinab. Wie gleichgültig ist uns der Schmutz in der Vallothütte. Und wie genießen wir es, den geschundenen Leib auf eine weiche Matratze legen zu können, den Innominata-Grat und alles um uns herum zu vergessen und uns nur noch vom Schlaf übermannen zu lassen. In meinen Träumen kratzen Steigeisen auf Eisenstufen, ein rotes aufgequollenes Frauengesicht schaut mir in die Augen ehe es sich in leisem Jammern verliert. Meine Füße, die unter der kurzen Decke hervorschauen, werden gefühllos.

Am nächsten Morgen scheint die Sonne auf die Müllberge in der Hütte. Die Ruhe des Gipfels, auf dem wir gestern die Sonne untergehen sahen, wurde schon lange bevor wir erwachten niedergetrampelt. Als wir hinaus in das blendende Weiß treten, kriecht noch immer eine keuchende Schlange über den Gletscher. Wir haben die Anstrengung hinter uns, noch vor dem weiten Abstieg ins Tal. Die Probleme erwarten uns erst wieder in der Welt der Autos, der Straßen, der Cafés und Restaurants. Kein Auto wird für uns halten, niemand wird uns den Marsch von Les Houches zurück zu unserem Auto am Mont Blanc Tunnel ersparen. Aber was sind schon fünf Kilometer auf Asphalt, wie groß ist schon die Gefahr, auf einer Schnellstraße überfahren zu werden im Vergleich zu den Gefahren am Innominata-Grat auf den Mont Blanc?

# Plumps und Zack

Plumps von Hoppe, hoppe Reiter, wenn er fällt und so weiter. Zack ist weniger präzise, geradezu inkorrekt; weder onomatopoetisch noch inhaltlich richtig. Aber Zack ist, was ich diese Tage immer benutze. Also Zack.

Beim Plumps fällt er mit dem Rückgrat auf die Felsen, beim Zack bricht die Wirbelsäule. Ein zweites Zack, ein Zack vor dem Plumps dazu, also Zack, Plumps, Zack, wenn das Ausreißen des Griffes bzw. das Ausreißen der Schlinge auch noch mit aufgenommen werden soll. Rrrrtsch! Rrrrtsch ist eigentlich viel zutreffender als Zack, wenn ich das Ausreißen der Schlinge höre. Wwwwpf – so klingt der ausbrechende Griff, bbch, bbch, bbch oder öfter bbch bei seinem Aufschlagen auf Felsen. Aber nein, nicht Rrrrtsch, nicht Wwwwpf, nicht Bbch, sondern Zack. Der große Vorteil von Zack? Es passt immer! Es gibt mit seinem offenen a und seinem schnellen und harten Ende die verschiedensten unschönen Geräusche wieder, die mit Ereignissen einhergehen, die des Menschen Freund im Allgemeinen und des Bergsteigers Freund im Besonderen nicht sind. Rrrrtsch passt nicht auf das Ausbrechen eines Griffes, wwwwpf schwerlich, wenn eine Leiter vom Kirschenbaum kippt – aber Zack, das passt immer!

Ich sag euch, Leute, Zack im Allgemeinen ist unschön (siehe oben: Leiter kippt vom Kirschenbaum), aber ein Kletterzack, das ist mal richtig Sch... . Also richtig Sch... ist zum Beispiel, wenn eine Schlinge, also ein um irgendetwas herumgebundenes und verknotetes Seilstück, ausreißt, sprich, dass die Schlinge entweder ihr Schlinge-Sein aufgibt und zu einem offenen Seilstück wird, oder wenn das die Schlinge Festhaltende, zum

Beispiel ein Felsen oder ein Baum, die Schlinge in die Freiheit entlässt. Kann geschehen, wenn der Baum nur ein schwacher Ast war oder der Felsen nur ein loser Kiesel. – Immer diese verdammte Konditionalität, und immer dieser lästige Ursache-Wirkungs-Zusammenhang! Könnte nicht einfach nur Zack sein? Ein gewöhnliches Zack? Nur für sich? So ganz ohne Plumps?

An eine Schlinge kann man ein Seil hängen und an dieses Seil sich selbst: Ich-Seil-Schlinge. Zack = Ursache: Schlinge reißt. Wirkung: Seil fällt, Folgewirkung: Ich falle = Plumps! Folgewirkung des letzten Falls (Fall des Ich) = Ergebnis des Zack, Plumps: Zack = Aufschlag des Ich.

Wie kann man sich nur auf etwas Zack-fähiges wie eine Seilschlinge verlassen? Oder auf ein steinernes Käntchen, das nur deshalb da ist, weil da irgendwann einmal Korallen gesessen und ihre Ausscheidungen zurückgelassen haben (oder so ähnlich, oder bin ich etwa Geomineraloge?). Korallenwas? Korallenkacke, jahrmillionardenalte Korallenkacke! Soso! Leider ist irgendwann die Stabilität der Korallen dahin und das Käntchen löst sich von seinem Untergrund und mit dem Käntchen lösen sich auch die Finger mit dem Käntchen vom Untergrund und mit den Fingern löse auch ich mich, dem die Finger nun mal angeboren sind. Scheiße! Da geht dir echt die Düse, wenn du in der Vertikalen hängst und dir das einzige, das dich in der Vertikalen hält, aus der Vertikalen herausbricht und dir die Sache mit der Erdanziehungskraft und der Erdbeschleunigung schneller in den Sinn kommt als dass diese Tatsache synaptisch verschaltet werden kann. Nix mehr vertikal! Flug gen horizontal! Und dann: Zack! Freier Flug, Freiflug, freiflugmeilenkontofrei! Segeln ohne Segelschein, Fliegen ohne Ticket. Zack mein Freund! Zack dem Ich! Zack, Plumps, Zack!

Wie kann man auch so blöd sein? Gut, das mit dem ausgebrochenen Griff war nicht absehbar. Dass auch Korallenkacke eine Halbwertszeit hat, ist auch klar (zur Entstehung von Kalkkorallenkletterfelsen siehe oben). Warum sollte also ein Kalkkäntchen, das hunderttausende, ach was sag ich, schrieb ich es nicht schon? Millionen (mindestens!) von Jahren einigermaßen stabil war, nicht auch mal nachgeben und sich aus seiner Verbindung mit anderen kalksteinalten Korallenausscheidungen lösen?

Aber hat es sich so angefühlt? War der Griff so, dass man hätte sagen können: ich weiß ja nicht, der wackelt schon so leicht, ob der nicht ausbricht? Nix davon! Das Teil fühlte sich fest für die folgenden Jahrmillionen an. Gut, der Griff war klein; vielleicht hätte ich weniger an die Altersfestigkeit des Felsens als an das Verhältnis Griffgröße zu ansetzender Kraft denken sollen. Gut, ich gebe es zu, es war meine Schuld, meine Blindheit, meine Ignoranz! Mea culpa! Mea maxima culpa! Mea culpa, mea sanguis. Kann hier jemand Latein? Ist nicht so wichtig, es floss ja kein Blut!

Das mit der Schlinge war ganz allein ich, das "ich selbst". Anstatt den Schnee wegzukratzen und mich auf die Empirie zu stützen, verließ ich mich auf den bloßen Schein, dachte, dass hält, was immer hält, auch wenn es nicht gleich, sondern nur ähnlich wie das aussieht, was immer hält. Ich denke, dass zwei Granitklötze auch dann sicher aufeinander liegen, wenn da ein bisschen Schnee um die Granitklötze rum liegt. Ich lege also eine Schlinge um den oberen Granitklotz; Karabiner rein, Seil rein und mich ins Seil. Abseilen. Prima! Zack!

Die beiden Granitklötze berührten sich gar nicht! Der Schnee hatte sich in den Spalt zwischen den beiden Felsklötzen gelegt. Ein bisschen Schnee, gerade mal Hänsel-und-Gretel-Hexe-Betrugs-Stöckchen-dick, und dann noch pulvrig! Da scheißen doch die Korallen drauf! Selbst nach Milliarden von Jahren!

Da schlüpft jede Schlinge durch, selbst wenn ein Häufchen Ich wie ich dran hängt! Zack! Und dann ein langer Flug, intergalaxial! Das hättet ihr wohl gern, was! Nix davon! Wofür hat man schließlich Beine? Beine sind die ultimativen Zweit-Zack-Verhinderer! Gegen den Drehimpuls nach hinten unten Kontraktion der hinteren Rücken- und Beinmuskulatur! GegenZack! Und schon stehe ich, ohne weiteres Plumps und Zack!

# Zug um Zug spitze

Bier fördert den Schlaf. Sagt Anton und trinkt eins. Ein anderes Bier treibt den Schlaf wieder aus, wie den Urin aus der überdehnten Harnblase. Von kathartischem Luststöhnen begleitet plätschert das erwärmte Bier ausdauernd auf die Parkplatzkiesel: ein Bier, zwei Bier, drei Bier, vier Bier – Pause – fünf Bier, sechs Bier. Man soll in Bayern nie in der Nähe von Türen, hinter denen Männer aushausig Bier trinken, nächtigen. Erklärung: Der bayerische Mann trinkt insbesondere in Gesellschaft anderer Männer Bier. Das Biertrinken steht für ihn über allen anderen Tätigkeiten. Das Gesetz der Osmose zwingt das Bier zur Diffusion aus der Flasche in den Bayer, den Bayer durch die Tür, aus dem Bayer in die Nacht. Nachdem die Druckverhältnisse ausgeglichen sind, die Elemente Wasser und Alkohol auf Erde und Bayer verteilt, ist die Osmose zufrieden und entlässt den Bayer in sein Auto. Denn dass er, kaum in der Lage sein Druckausgleichsrohr am Unterleib zu finden, zu Fuß weiter als bis zu seinem Fahrzeug laufen kann, ist unwahrscheinlich. Deshalb ist es für ihn sicherer, mit dem Auto nach Hause zu fahren. Der Gedanke an die Sicherheit der Menschen, die außer ihm noch auf den Straßen unterwegs sind, ist osmotisch im Erdreich versickert. Die Automobilindustrie hat sich schon lange auf den trunkenen Autofahrer eingestellt und Autoschlüssel mit einer Fernbedienung für das Aufschließen der Türen ausgestattet. Sind wir doch mal ehrlich: Ist ein Besoffener noch in der Lage, das Schloss zu seinem Schlüssel zu finden? Er würde nicht einmal das richtige Auto finden! Dank der Innovations- und Anpassungsfähigkeit der Autobauer muss der Besoffene nur auf einen Knopf drücken und den Signallichtern und dem

Signalton folgen, um zu seinem Auto zu finden. Der Signalton für den Fahrer ist gleichzeitig Warnton für alle, die nicht der Fahrer sind. Diesen übermittelt der Warnton die Botschaft: Bloß weg hier!

Wirrer Einschub, der auf schwer verständliche Weise die möglichen Konsequenzen des Überhörens des Warntons durch Nicht-Autofahrer, die sich in der Nähe biertrunkener autofahrender Bayern aufhalten, veranschaulicht:

*Verrückte Menschen sterben verrückte Tode. Verrückte Menschen sterben nicht an Krebs, sondern mittelbar an den Nebenwirkungen eines Anti-Krebs-Medikaments: Sie verkraften die Lektüre des Beipackzettels nicht. Verrückte Menschen können auch auf nicht normale Weise ertrinken. Ertrinken sie, tun sie dies nicht im Wasser, sondern an Land, und nicht an Wasser, sondern an Urin.*

Einschub im Einschub: *Die effektivste Heilung vom morbus stupendi (Verrücktheit) erfolgt durch das Ableben des Verrückten. Der Vorteil dieser Heilungsmethode: sie behebt nicht die Symptome, sondern die Ursache. Hierbei ist eine verrückte Todesursache angemessen und dem Wesen und Verwesen des Toten lieb und recht.*

Definition: *Verrückt ist jeder und jedes, das nicht bzw. nicht korrekt den Platz einnimmt, den es nach gemeiner und gesellschaftlicher Meinung und Übereinkunft einzunehmen hat. Im Gegensatz zum Außenseiter steht der Verrückte nicht außerhalb, sondern innerhalb. In diesem Innern steht er zwar, aber nicht korrekt, sondern schief, schräg, falsch. Schief, schräg, falsch bedeutet, dass das Zentrum des Hirns nicht senkrecht über dem Zentrum des Körperstamms und nicht senkrecht über der Verbindung des Körpers mit der Erde steht. Anstelle einer Vertikalen, die ein gesunder Mensch im Stehen darstellt, ist der Verrückte diagonal. So wie er in der Gesellschaft, in der er steht, lokal ver-rückt ist, so ist er auch in sich selbst ver-rückt.*

Lobpreis: *Heil dir, König-Ludwig-Dunkel, dass du dem in deinem Land Geborenen die Blasenkraft gibst, dich in Maßen in sich aufzunehmen. Die toten Verrückten danken es dir in Ewigkeit (dort, dort, nur dort). Der dich getrunken („nimm und trink...") gibt von seinem Überfluss und tränkt den Schläfer in der Nacht.*

Zeitungsmeldung: *Auf dem Parkplatz des Partenkirchener Olympiastadions sind in der Nacht zum Samstag zwei junge Wanderer aus Württemberg überfahren worden. Sie hatten sich auf den Parkplatz gelegt, um dort zu schlafen. Ein Metzgermeister aus Mittenwald, der sich in der Stadiongaststätte in Partenkirchen mit Freunden getroffen hatte, wollte wieder nach Hause fahren. Er stieg in seinen Wagen und fuhr los. Dabei übersah er die beiden auf dem Parkplatz vor seinem Wagen schlafenden Wanderer. Ob der Tod der beiden Wanderer durch das Überfahren eingetreten ist, oder ob die beiden schon davor tot waren, wird die Obduktion klären. Es gibt Vermutungen, dass die beiden, bevor sie überfahren wurden, ertrunken sind.*

Ich streite mit Nachdruck ab, dass es meine Idee war, auf die Zugspitze zu gehen. Aber ich bekenne, dass es meine Idee war, auf dem Parkplatz beim Olympiastadion zu übernachten. Die verrücktere von beiden Ideen ist natürlich die erste, da es sich um die Idee eines anderen handelt. Ich selbst habe nie verrückte Ideen. Den einzigen Fehler, den ich zugebe, ist der, mich von meinen Prinzipien getrennt zu haben. Oberstes Prinzip: Gehe niemals wandern, so lange du noch klettern kannst! Für meinen Prinzipienbruch wurde ich hart bestraft, präzise um 8.45 Uhr auf der Reintalangerhütte. Ein Hüttenangestellter riet aufbrechenden Wanderern, auf keinen Fall zur Oberreintalhütte zu gehen. Es sei eine Kletthererhütte. Würden sie als Wanderer es wagen, diese Hütte zu betreten, so müssten sie für sich das Schlimmste befürchten. Dann wandte er sich an uns:

„Und wo geht ihr beiden hin?" Die Frage traf mich wie der Blitz des Poseidon, da sie den schändlichen und bewussten Verrat an meinem obersten Klettererprinzip aufdeckte. Ich bin Kletterer und sollte auf der Oberreintalhütte sitzen und mich auf die geplante Klettertour vorbereiten. Und wo saß ich und was tat ich? Ich saß auf einer Wandererhütte und wollte auf die Zugspitze wandern. „Na, wo soll's denn hingehen, ihr beiden?" Wandern! Grrr! Fünfundsiebzig Minuten und etliche Höhenmeter später stand ich vor den höchsten Bratwürsten Deutschlands, der höchsten Menschenschlange Deutschlands und dem leckersten Cola, das je ein wandernder Kletterer getrunken hat.

Es war Hans Kammerlanders Idee, alle Matterhorn-Grate an einem Tag zu erklettern, die Andreas zu dem Plan inspiriert hatte, Ähnliches an der Zugspitze zu unternehmen: alle drei Normalwege an einem Tag. Erster Normalweg: Partenkirchen, 6.05, Partnachklamm, Reintalangerhütte (peinlich, peinlich), Knorrhütte, Zugspitze, 11.35. Ich fühlte mich plötzlich sehr deutsch, auf diesem heiligen zugspitzigen Gipfel deutscher Nation. Ich blickte hinüber und hinab auf das Vaterland, aber ich sah nichts. Da waren Wolken! Wir wanderten (oh, wie peinlich) weiter; hinab nach Norden, zu einer Hütte, die ich mir nicht merken muss, da es eine Wandererhütte ist, dann rechts. Hier war Susanne M., geboren 1968, 1997 abgestürzt. Ich kenne Susanne M. nicht, aber an ihrer Gedenktafel kann ich nicht vorbei, ohne an sie zu denken. Von der Eibseealm zur Höllentalhütte schaffen wir es fast nicht, zwei Wanderer einzuholen; und diese Wanderer waren alt! Zumindest älter als wir. Alt und Wanderer (ich: jung und Kletterer)! Peinlich, peinlich. 16.05 Höllentalhütte, Cola Nummer drei. Als der Kaiser (Wilhelm 2) vorbei reitet, erhebe ich mich und schwenke die Fahne. Mit einem Wink seiner rechten Hand streift er meinen Blick, woraufhin ich mich tief verneige. Sein Ross bleibt stehen: „Ich gewähre dir einen Wunsch!", sagt seine Majestät zu mir, und ich zu seiner ihrigen Majestät: „Edelster Erlauchtester, lass mich auf der Oberreintalhütte sein, bei meinesgleichen, fernab von Wanderern, Wanderstöcken, Kniebundstrümpfen, Karierthemden, und Proviant-Tupperdosen." Aber es war nicht der Kaiser. Es war niemand. Niemand erlöste mich aus meinem peinlichen Wandererschicksal! Ich musste weiter. Noch einmal hinauf und noch einmal hinauf auf die Zugspitze. Nein, nur noch einmal. Die letzen hundert Höhenmeter vor dem Gipfel war es für mich klar, dass zweimal heute genug waren. Um 20 Uhr standen wir wieder auf der Zugspitze. Die Bratwürste und die Menschenschlange waren nicht mehr da. Cola Nummer vier auf der Münchner Hütte. Man bereitete sich auf das Abendmahl vor. Erst das Mahl und dann das Bett. Wann wären wir das dritte Mal hier oben, wenn ich nicht nein sagen würde? Um drei Uhr morgens? Bei Sonnenaufgang? Es war genug. Für heute und für mich war es genug. Wo wir um 6.05 Uhr losgewandert waren, war um 2.55 Uhr und zwei Zugspitzgipfel später die Peinlichkeit zu Ende.

# Viva Via Barbara

Ich bin gesegnet mit der Gabe der Vergesslichkeit, jawohl, gesegnet! Denn diese Vergesslichkeit, die, wie mir ein äh Dings äh, also äh so ein Mann mit einem weißen Kittel bestätigte, dessen Ursache, so sagte dieser, nein diese, diese Frau also sagte, dass ich Löcher im Gehirn hätte, die so groß wie ... – Moment ... äh ... ich glaube, sie sagte ,Kuhaugen', dass ich also Kuhaugen hätte und ich deswegen alles so sähe wie eine Kuh und dass eine Kuh sich nicht an das erinnern kann, was sie gesehen hat und ich deswegen auch nicht ... ähh ... hmm. Ich glaube, sie meinte, dass in meinem Hirn ... äh ... grundsätzlich ... äh ... irgendwie ... wenig sei, also auch keine Milch, wie in der Kuh ... ihrem Euter. ... Komisch, ich kann mich überhaupt nicht mehr daran erinnern, wer das gesagt hat. ... Ich glaube, ich war irgendwann beim Zahnarzt, und dann hat der irgendetwas von Löchern erzählt. Hmm, komisch.

Was ich also sagen wollte, ist Folgendes: Das Gute, das ich tue, ... nein falsch, das Gute an meiner Vergesslichkeit ist, dass ich mich an nichts erinnern kann, also auch nicht daran, wo ich schon geklettert bin. Deshalb kann ich an jeden Felsen hundert und tausend Mal gehen und finde jede Route, auch wenn es nur eine gibt und ich diese Route schon hunderttausend Mal geklettert bin, nicht langweilig, sondern toll, neu und einfach phantastisch. Einer meiner Freunde, der so etwas wie mein extrakorporales Gedächtnis darstellt – sein Vorname beginnt, so weit ich mich erinnern kann, mit ,W' –, dieser Freund meint, dass dadurch, dass ich alles, was ich geklettert bin, sofort wieder vergesse, für mich jede Route eine On-Sight-Begehung sei. Nachdem ich von diesem Freund mehrmals auf meine Anfrage

„Könnten wir nicht mal an einen ganz anderen Felsen, z.B. an den Felsen x zum Klettern gehen?" die Antwort: „Aber Harald, am Felsen x waren wir doch schon so oft" bekommen habe, schlage ich keine Kletterfelsen mehr vor und frage auch nicht mehr nach möglichen Kletterrouten. Gehe ich mit meinen Freunden klettern, dann sind inzwischen immer sie es, die den Felsen vorschlagen. Mir ist gleich, an welchem Felsen ich klettere, da für mich jeder Felsen ein neuer Felsen ist.

Mit den Felsen des Tannheimer Tals verhält es sich ein wenig anders: ich kann mich zwar nicht daran erinnern, an welchen Felsen des Tannheimer Tals ich schon geklettert bin, ich weiß aber mit großer relativer Sicherheit, dass ich schon einmal im Tannheimer Tal geklettert bin. Das hängt damit zusammen, dass sich die Wörter ‚Tannheimer' und ‚Tal' aufgrund ihrer enormen Akkumulation in Ohr, Hand und Mund derart verklumpt haben, dass sie selbst durch die größten Löcher in meinem Hirn nicht mehr durchfallen können.

Ich kann mich also mit absolut größter wahrscheinlicher Sicherheit daran erinnern, schon im Tannheimer Tal gewesen zu sein. An welchen Felsen und in welchen Routen ich dort geklettert bin, entzieht sich jedoch völlig meiner Kenntnis, da sich der Tannheimer-Tal-Klumpen in meinem Hirn so ausgebreitet hat, dass er jeden Routennamen einfach wegquetscht. Wenn ich mich an keinen Routennamen erinnern kann, dann weiß ich erst recht nichts mehr von Zu-, Ein-, Abstiegen, Routenverläufen, Absicherungen, Griffen, Tritten. An nichts dergleichen kann ich mich erinnern, rein gar nichts.

Neben dem in dieser Erzählung möglicherweise schon erwähnten Freund, dessen Namen ich abgesehen vom ersten Buchstaben seines Vornamens, der wahrscheinlich ‚K' ist, vergessen habe, und der mir als mein extrakorporales Gedächtnis die Information liefert: Ja, Harald, du bist schon mal geklettert, und zwar wenigstens an den Felsen x, y und z, und möglicherweise sogar an mehr als diesen drei Felsen, habe ich weitere Freunde, die all die Informationen speichern, die jener Freund nicht speichern kann, da er ja nicht immer bei mir sein kann und wahrscheinlich auch nicht will. Schließlich hat M. Frau und Kind. Diese anderen Freunde, von denen ich einigermaßen überzeugt bin, dass es sie wirklich gibt, von denen ich jedoch nicht mehr weiß, wie sie heißen, wo sie wohnen und ob es überhaupt Menschen aus Fleisch und Blut sind, diese anderen Freunde fragen mich mitunter: „Harald, wie wäre es mit der Route a am Felsen b? Die hast du doch noch nicht gemacht, oder?" Meine Antwort ist ein Achselzucken und die Bitte, bei meinem Freund, dessen Vorname mit M., möglicherweise auch mit M. beginnt, nachzufragen.

Seit etlicher Zeit fragen mich meine Freunde nicht mehr danach, ob ich mit ihnen diese oder jene Route klettern will. Sie sagen nur noch: „Wir gehen morgen zusammen an diesen Felsen und klettern jene Route!" Daraus, dass mich meine Freunde nicht mehr fragen, sondern nur noch informieren, schließe ich, dass sie sich über die Routen, die ich schon geklettert oder noch nicht geklettert bin, gegenseitig austauschen. Mein auf verschiedene Freunde verteiltes multi-extrakorporales Gedächtnis hat sich dadurch zu einem multi-extrakorporalen Netzwerk entwickelt. Mit Schrecken muss ich allerdings feststellen, dass mein extrakorporales Gedächtnis an manchen Stellen ähnliche Schwächen aufweist wie mein intrakorporales Gedächtnis. Als ich neulich von einem fremden Menschen darauf angesprochen wurde, dass ich doch im vergangenen Jahr an den Südwänden des Rätikons klettern gewesen sei und ich daraufhin mein extrakorporales Gedächtnis J.B. fragte, ob wir wirklich dort waren und was wir denn geklettert seien, da antwortete J.B. mir, dass er sich zwar an das Rätikon erinnere, nicht jedoch an die von uns gekletterten Routen. Dies bestürzt mich! Schließlich ist J.B. ein sehr wichtiger Bestandteil meines extrakorporalen Gedächtnisses. Immerhin konnte er meine Spur in seinem Gehirn noch so weit zurückverfolgen, dass er zwar nicht mehr die Namen der beiden gekletterten Routen, wohl aber deren Charakteristik und unsere Schwierigkeiten in diesen Routen wiedergeben konnte. Die eine Route führte durch eine Art steinernen Schlauch; ein vertikales Bachbett; sehr ungewöhnlich, aber sehr schön zu klettern. Die andere Route konnten wir nicht bis zu ihrem Ende klettern: die Schlüsselstelle im achten Grad blockierte unsere Köpfe. Abwechselnd versuchten wir uns im Vorstieg an dieser Reibungsplatte, die zwar gut, aber für unsere nach einigen schweren Seillängen geschwächte psychische Kraft nicht gut genug abgesichert war. Einen Meter über dem letzten Bohrhaken gab es eine dünne Sanduhr, die die aufgeweichte Psyche nicht ausreichend beruhigte, um mutig die kurze griff- und trittarme schwierige Stelle angehen zu können. Sobald wir die Sanduhrschlinge auf Kniehöhe hatten, versagte der Vorwärtstrieb. Es war wie eine unsichtbare Wand, die den Weiterweg versperrte. Dabei waren die klettertechnischen Schwierigkeiten gut lösbar. Jeder von uns wusste, wie er hätte weiterklettern müssen. Aber der Fuß tat den entscheidenden Schritt nicht, sondern blieb auf dem letzten guten Tritt wie angeklebt stehen. Das Fleisch war willig, aber der Geist war schwach. Bei einem Sturz einen Meter über der Sanduhr und zwei Meter über dem Haken wäre nichts passiert. Der Haken war gut und vier Meter tiefer der nächste Haken.

Aber welchen Sinn hat es, mit demselben Kopf, aus dem das Nein kommt, etwas anderes erreichen zu wollen als das, was der

Nein-denkende Kopf will? Wo subjektiv kein Weiterweg ist, da geht es nicht weiter!

Ein Jahr später, ein anderer Ort, eine andere Zeit. Was der Kopf will, ob er ja oder nein sagt, hängt auch von dem ab, was er von außen wahr- und aufnimmt. Da ist zum Beispiel der Regen, der sich herausnimmt, gegen die meteorologischen Vorhersagen vom Himmel zu fallen. Das ‚Ja' mit dem Zusatz ‚wir klettern', das mitunter durch die Vorhersage entstanden ist, wird durch den Gewitterregen verwässert. Das Ja wehrt sich vehement gegen das mit dem Regen stärker werdende ‚Nein, wir klettern nicht'. Als dann der Regen so stark ist, dass er in Bächen über die Straße schießt, reißt er das Ja mit sich in die Kanalisation. Wenig später hört der Regen auf und die Sonne kommt durch. Bis man dann das Ja wieder aus der Kanalisation gefischt hat vergeht viel kostbare Zeit. Darüber freut sich natürlich das Nein. Dass wir trotzdem ins Tannheimer Tal aufbrechen, stört das Nein nicht. Es hat den Regen und die Zeit auf seiner Seite. Am Gimpelhaus löst sich plötzlich ein Klumpen in meinem Gedächtnis und gibt die Erinnerung an ein Ereignis frei, das dazu führte, dass ich mich nicht mehr ans Gimpelhaus erinnern wollte. In der bislang einzigen Nacht, die ich in dieser Hütte verbracht habe, wurde lange nach Hüttenruhe das Licht im Lager eingeschaltet. Ich bat darum, das Licht wieder auszumachen, da es schon spät sei. Das Licht blieb an. Ich stand auf, ging zum Schalter und löschte das Licht. Auf dem Weg zurück zu meinem Bett wartete ein Ellbogen auf mich. Er fand den Weg in meine Magengrube, wo er mir sogleich die Luft nahm. Ich suchte den Wirt und reklamierte diese Luft. Er vertröstete mich auf den Morgen. Am Morgen war die Luft verzogen, der Wirt erinnerte sich an nichts und mir offenbarten sich die Vorzüge des schlechten Gedächtnisses.

Nun sitze ich wieder im Gimpelhaus und erinnere mich bei Apfelstrudel an meinen Magen, und suche mein Gedächtnis nach Routen ab, die ich im Tannheimer Tal schon geklettert bin. Viel kommt nicht dabei heraus. Sicher ist nur, dass ich die Routen, die mein Freund J.B. vorschlägt, nicht geklettert bin, da ich niemanden wüsste, mit dem ich in Routen dieses Schwierigkeitsgrads einsteigen könnte, außer J.B., der diese Routen vorschlägt, weil es ihm genauso geht wie mir. Da wäre z.B. die Via Barbara und da wäre z.B. die Schwarze Mamba. Aber da die Via Barbara lange Zeit die schwerste Route in den Tannheimern war, wir jedoch nicht die besten Kletterer im Tannheimer Tal sind, fällt diese Tour aus und bleibt nur noch die Schwarze Mamba übrig. Dass aber sowohl mein Apfelstrudelgefährte als auch ich viel lieber in die Via Barbara einsteigen würden, eben weil sie lange Zeit die schwerste Tour hier war, will keiner von uns zugeben. Als wir zur Schwarzen Mamba aufbrechen wollen, die zufälligerweise nicht weit von der Via Barbara entfernt ist, beginnt es wieder zu regnen. Die dunklen Wolken bekommen von Westen noch dunkleren Nachschub. Anstatt über die Schwarze Mamba oder über die Via Barbara wandern wir über den Normalweg auf die Rote Flüh. Wir wandern!

Noch viel schlimmer als zum tausendsten Mal ins Tannheimer Tal zum Klettern zu gehen, ist es für mich, wenn ich wandern muss, wo ich klettern könnte. Der Ellbogen in meiner Magengrube auf dem Gimpelhaus war der Ellbogen eines Wanderers! Meine Vergesslichkeit ist dummerweise groß aber nicht praktisch. Anstatt das nächtliche Erlebnis auf der Hütte zu vergessen, hat es sich zu Hass auf Wanderer und zu Unlust am Wandern umgeformt. Als wir auf dem Gipfel der Roten Flüh stehen, ist nur noch blauer Himmel zu sehen. Keine einzige Wolke ist mehr da. Des Wanderers Freud, des Kletterers Leid!

Sonne in den steilen Südwänden und wir unter Rotsockenka-
rierthemden! Der Ärger macht das ‚Ja, wir klettern' stark. Wir
rennen hinunter zur Hütte und hinüber zu den Einstiegen. Den
Einstieg der Schwarzen Mamba will ich nicht gesehen haben.
Die erste Seillänge, eine anstrengende Rissverschneidung, die
Freund J.B. trotz Nässe vorsteigen will, ist nicht nach meinem
Gusto. Daher verweise ich auf die zweite Seillänge, die die meine sein würde und deren Nässe mich bis hier unten trifft und
die noch etwas schwerer als die erste ist, um eine Entscheidung
herbeizuführen, die mir das Klettern der ersten Seillänge er-
spart. Die Taktik geht auf. Allerdings muss ich dafür die erste
Seillänge der Via Barbara steigen, was kein Problem wäre, wenn
sich nicht der Einstieg so höllisch schwer anfühlen würde und
wenn nicht meine psychische Stärke durch das Fehlen eines
sicheren Standes sich gänzlich in Luft aufgelöst hätte. Stürze ich vor Klinken des ersten Hakens, was in Anbetracht der
Schwierigkeit durchaus möglich ist, dann falle ich an meinem
sichernden Freund, der auf dem Wanderweg steht, vorbei und
weiter in die steilen Schrofen unterhalb des Wanderwegs, die
mehr von harten Felsen als von weichen Latschen durchsetzt
und steil genug sind, einen Sturz eher zu beschleunigen als zu
bremsen. Das wäre ein unschöner Sturz. Eine schwarze Erinnerung kommt wieder hoch. Auch sie hatte sich mein Gehirn
zu vergessen bemüht. Vergeblich. In dieser Situation war mir
mein schulterstarker Freund eine gute Stütze – auch technisch.
Die ersten fünf Seillängen waren flott, die letzten vier ohne
uns. Der Regen am Vormittag hatte die Zeit gefressen, die wir
jetzt gebraucht hätten. Um sechs Uhr begannen wir mit dem
Abseilen. Rückzug, wie schon im Rätikon, wie schon so oft.
Mein starker Freund hatte noch einen letzten Versuch gewagt,
die sechste Seillänge zu steigen. Aber die ersten Meter waren

so riskant wie der Beginn der ersten Seillänge. Vom Stand ging es einige Meter in einer Rinne hinab, auf deren gegenüberliegenden Seite überhängend hinauf. Der erste Haken steckte erst nach Überwindung eines kleinen Überhangs. Würde mein Vorstiegsheld stürzen, fiele er ungebremst in die steinerne Rinne. J.B. ist mutig und J.B. ist gut, aber er ist weder unvorsichtig noch leichtsinnig. Wir kehren um. Niemand außer uns war an diesem Tag in den Felsen. Es dämmert, als wir zum dritten Mal an diesem Tag am Gimpelhaus vorbei kommen. Ich fahre nach Haus, mein Freund zu seiner Freundin.

Erst Monate später treffen wir uns wieder. Nicht in den Bergen. Ich wollte nur einfache Routen steigen und gut gesichert. Habe ich jemals schwierige und gefährliche Routen geklettert? Ich weiß es nicht. Ich weiß auch nicht, ob ich W. danach fragen soll. Vielleicht will ich es gar nicht wissen. Vielleicht ist auch der, der es wissen wollen könnte, nicht mehr derselbe, der er einmal war! Manchmal muss man umkehren, manchmal einen anderen Weg einschlagen.

# Nie oben

Aus dem Tourenbuch eines unbekannten, durchschnittlichen (durchschnittlich bezüglich der bewältigbaren Kletterschwierigkeiten in Fels und Eis und durchschnittlich bezüglich der konstitutionell bedingten maximal erreichbaren Höhe – „auf einen Achttausender schafft der es nie!"– ) und erfolglosen Bergsteigers:

- 25. August 1989: *Zimba (2645 m), im Montafon (Österreich). Versuch über den Normalweg (Westgrat, III). Am Zimbajoch wegen schlechten Wetters abebrochen* [das „g" fehlt auch im Original!]

- 12. September 1994: *Zimba (2645 m), im Montafon (Österreich). Durchfall und Erbrechen in der Nacht vor dem Versuch des Normalweges auf den Gipfel. Deshalb statt Gipfelgang „Ruhetag" auf der Hermann-Hueter-Hütte. Nach weiterer Nacht mit Durchfall und Erbrechen am Morgen des 13. September Abstieg ins Tal und Rückfahrt.*

- 13. Juni 2000: *Zimba (2645 m), im Montafon (Österreich). Gescheitert vor der Schlüsselstelle: Edeltraud wollte, dass ich sie sichere, was ich an dieser Stelle als unnötig erachte. Da war sie eingeschnappt und ist nicht weiter gegangen. Auf der Fahrt zurück hat sie kein Wort mit mir geredet.*

Aus dem Tagebuch desselben Bergsteigers:

- 14. Juni 2000: *Heute schreibe das erste Mal in dieses Tagebuch. Heute geht es mir nicht gut. Es ist etwa passiert, was mir weh tut.*

Und am selben Tag eine zweite Eintragung:

- 14. Juni 2000, 14.50 Uhr: *Edeltraud hat mich aus dem Büro angerufen und mir gesagt, dass es mit uns aus ist.*

Von diesen beiden Eintragungen vom 14. Juni 2000 abgesehen, ist das Tagebuch leer. Ein unbekannter, durchschnittlicher und erfolgloser Bergsteiger wie der hier beschriebene hat kaum großen Erfolg bei Frauen, weshalb auch weder die Beziehungen zu Frauen, noch die Beendigung dieser Beziehungen großen Niederschlag in seinem Tagebuch finden. [Im Allgemeinen führen Bergsteiger kein Tagebuch, da sie ja ein Tourenbuch führen. Tagebuch führen sie nur, wenn sie, was selten der Fall ist, ein Zweitleben neben ihrem Bergsteigerleben führen.]

Zurück zu den Eintragungen im Tourenbuch:
- 5. Mai 2006: *Zimba (2645 m), im Montafon (Österreich)*

Im Original-Tourenbuch ist es nicht so, dass ein Zimba-Versuch auf den nächsten erfolgt. Der unbekannte, durchschnittliche und erfolglose Bergsteiger müsste sich sonst ja fragen, ob er zu nichts anderem taugt, als auf ein und denselben Berg (Zimba) nicht hinaufzukommen. In diesem Zusammenhang muss vermerkt werden, dass hier nur Auszüge aus dem Tourenbuch dargeboten werden. Im Original-Tourenbuch sind wesentlich mehr Touren als die hier zitierten auf die Zimba verzeichnet. Allerdings muss darauf hingewiesen werden – diesen Hinweis erfordert die Treue zu Wahrheit und Offenheit, die dem Autor die Feder führt –, dass die vielen nicht zitierten Touren in des Bergsteigers Tourenbuch eine kaum größere Erfolgsquote aufweisen als die hier zitierten Bergfahrten auf die Zimba. Da sich der Autor dieses Textes der Wahrheit und der Wahrhaftigkeit vepflichtet fühlt, darf nicht verschwiegen werden, dass die in disem Schriftstück gewählte Beschränkung auf die Eintragungen zum Berg Zimba dem Kriterium folgt: Wie bestätige ich die vorgefasste Meinung von einem Bergsteiger als einem unbekannten, durchschnittlichen und erfolglosen Bergsteiger.

Es darf genausowenig verschwiegen werden, dass für den Autor dieses Kriterium und dieses Vorurteil schon lange feststanden, bevor er die Zeilen „Aus dem Tourenbuch eines unbekannten ..." niederschrieb; es bedurfte lediglich der argumentativen Untermauerung dieses Vorurteils durch schriftliche Belege aus dem Tourenbuch des ... Bergsteigers:

- *5. Mai 2006: Zimba (2645 m), im Montafon (Österreich). Bei schönem Wetter von der Hueter-Hütte aufgestiegen. Noch Schnee am Einstieg zum Westgrat. Weitergehen ohne Seil zu riskant. Wir haben kein Seil dabei und kehren um.*

Schon wieder nicht auf den Gipfel gekommen! Vier gescheiterte Versuche! Vier Argumente, die das Vorurteil des Autors bestätigen. Es folgt das fünfte:

- *26. September 2009: Zimba (2645 m), im Montafon (Österreich): Harry und ich hatten uns gut vorbereitet; waren viel klettern gegangen, viel Rad gefahren. Seil und Kletterausrüstung im Rucksack, stabile Hochdrucklage. Gestern Abend auf die Hueter-Hütte aufgestiegen. Der Zustieg zum Westgrat kein Problem: ein steiler Wanderweg mit einigen Drahtseilversicherungen. Wir gehen den Westgrat bis zur Schulter seilfrei. Dann sichern wir. Es sind nur drei Seillängen, die wir sichern. Um zehn sehen wir das Gipfelkreuz. Wir seilen uns aus, die letzten fünfzig Meter sind einfaches Gelände. Die Sonne hat den letzten Aufschwung des Westgrates schon aufgewärmt. Harry geht voraus, ich hinterher. Zehn Meter vom Gipfel entfernt kann ich nicht mehr weiter. Ich weiß nicht warum, aber ich kann keinen Schritt vorwärts gehen. So etwas ist mir noch nie passiert. Ich fühle mich wie festgeklebt. Harry nimmt mir nicht ab, dass ich mich wie festgeklebt fühle. Er meint, dass ich ihn zum Narren halte und geht ohne mich zum Gipfel. Er trägt nur sich ins Gipfelbuch ein.*

Und dann endlich, beim sechsten Anlauf, der Erfolg, der Gipfel:

- 15. Juni 2012: *Zimba (2645 m), im Montafon (Österreich): Heute habe ich meinen Namen in das Gipfelbuch der Zimba eingetragen. Ich genieße die prächtige Aussicht und bin glücklich. Ich blättere durch die Seiten und finde Harrys Eintrag vom 26. September 2009. Als ich die Namen der anderen Bergsteiger, die sich am 26. September 2009 in das Gipfelbuch der Zimba eingetragen haben, lese, bleibe ich unwillkürlich bei einem bestimmten Namen hängen. Ich möchte weiter, den nächsten Namen lesen, aber meine Augen sind erstarrt, wie festgeklebt auf diesem Namen, diesem Wort, diesen Buchstaben, diesem Papier, an diesem Ort, an jenem Tag, dem 26. September 2009, und an diesem Tag, dem 15. Juni 2012. Meine Augen, meine Vergangenheit, meine Gegenwart und meine Zukunft – mein Ich – hängen klammernd an jenem Tag, an dem ich diesen Namen nicht las, da ich nicht auf dem Gipfel war, und krallen sich an heute, diesen Tag, da ich auf dem Gipfel stehe und einen Namen lese, der vorgestern in der Zeitung stand. Unter dem Namen steht folgender Satz:*

*„Der Autor und Bergsteiger, der nach vielen vergeblichen Versuchen, die Zimba (Montafon, Österreich) zu besteigen, bei seinem sechsten Versuch endlich erfolgreich war, ist beim Abstieg über den Normalweg abgestürzt und konnte nur noch tot geborgen werden."*

# Der Haken am Rost

Die Berge im Tannheimer Tal, an denen zu viele Kletterer in den Tod stürzten, sind ein beliebtes, von Süddeutschland schnell zu erreichendes Klettergebiet. Beliebt um erste Erfahrungen im alpinen Fels zu sammeln. Keine künstliche Kletterwand, keine Halle, keine Mittelgebirgsfelsen. Alpine Klettereien mit mehr als hundert Meter hohen Wänden, eineinhalbstündigem Zustieg und Abstieg, Steinschlaggefahr, natürlicher Witterung. Alpines Gelände mit alpinen Gefahren. Alpines Gelände, dessen Kennzeichen ein Quantum Unberechenbarkeit ist. Wo die Unberechenbarkeit nicht beseitigt werden kann, da wird versucht, die aus dem Unberechenbaren resultierenden Folgen so gering wir möglich zu halten: gegen Steinschlag schützt der Helm, vor dem ungebremsten Sturz der Haken. Zwischen Helm und Haken besteht jedoch einen lebensentscheidender Unterschied: Den Helm bringt man selbst mit, die Haken in der Regel nicht.

Haken schlägt im Tannheimer Tal inzwischen kein Kletterer mehr selbst. Andere haben sie geschlagen oder in den Fels geschraubt oder geklebt. Stürzt ein Kletterer, so stoppt der Haken den Sturz. Der Teil des Hakens, der gewährleistet, dass ein Sturz gestoppt werden kann, ist allerdings nicht zu sehen. Er steckt tief im Gestein. Man kann nur erahnen, welche Qualität ein Haken hat: Ist sein sichtbares Äußeres verrostet, dann ist möglicherweise auch sein unsichtbar im Gestein Verborgenes verrostet. Möglicherweise! Möglicherweise auch nicht! Wer den Haken gesetzt hat, fühlt sich nur selten für dessen Kontrolle verantwortlich. Wenn sich Kletterer auf Haken verlassen, dann auf den Teil des Hakens, der für sie unsichtbar in der Wand verborgen ist. Aber immerhin vermittelt der sichtbare Teil eines Hakens, sofern er glänzend und glatt, neu und gut aussieht, eine subjektive Sicherheit. Darüber hinaus vermittelt auch ein schlecht aussehender Haken eine gewisse projizierte Sicherheit: Man erhofft sich von einem Haken, dass er sicher ist, weil die Vorstellung, ungesichert zu sein und im Falle eines Sturzes nicht gestoppt zu werden, unerträglich ist.

Im März 1997 stürzten an der Roten Flüh im Tannheimer Tal zwei junge Kletterer und eine junge Kletterin in den Tod. Ein rostiger Haken war ausgebrochen. Die anschließende Diskussion über die Qualität der vorhandenen Haken, über das Ersetzen von geschlagenen Rost- durch gebohrte rostfreie Haken zog sich über Jahre hin. Sie wurde zum Krieg zwischen Bohrhakenbefürwortern und Bohrhakengegnern. Um die Toten und das Leid der Hinterbliebenen kümmerte sich niemand. Sieger im Streit um die Haken waren weder Bohrhakenbefürworter noch Bohrhakengegner, sondern Kompromisslosigkeit, Egoismus und ideologische Borniertheit. Frieden gab es keinen. Die beiden Seiten bleiben unversöhnt. Dass in den Folgejahren niemand mehr aufgrund schlechter Haken zu Tode kam, interpretierten die Hakenbohrer als Bestätigung ihres Sieges. Die andere Seite starrte auf den Schwarzen Peter ihrer Hand.

Dann gab es wieder einen Toten im Tannheimer Tal. Und wieder war ein rostiger Haken ausgebrochen. Die alten Fronten formierten sich von neuem. Zum Nachdenken führte weder der neuerliche Unfall noch der Unfall von 1997, nur zum Kämpfen. Die Tatsache, dass 1997 zwar ein geschlagener Haken zum Absturz der Dreierseilschaft geführt hat, dass es aber unterhalb dieses schlechten auch einen guten Haken gab, der, wäre er genutzt worden, den Tod dreier Menschenleben verhindert hätte, diese Information gelangte nie an die Öffentlichkeit.

Die Tatsache, dass Bergsteiger einer Beschäftigung nachgehen, die das Risiko des Todes birgt, und dass Bergsteiger sich dieses Risikos bewusst sein müssen, wird außer Betracht gelassen. Der größte Unsicherheitsfaktor in den Bergen sind nicht die natürlichen Gefahren oder die künstlichen Hilfsmittel, sondern der größte Unsicherheitsfaktor ist der Mensch, der in einer unberechenbaren Welt nach Sicherheit sucht, und der aufgrund seiner Unfähigkeit, Unsicherheiten zu ertragen, auch dort Sicherheit haben will und dort Sicherheit sieht, wo es keine Sicherheit geben kann.

# HeiMinkeiHi

Jochen war schon ein alter Kletterhase, als er den Satz sprach: „Also, wenn ich einmal den Heilbronner Weg mache, dann nur mit Hartschalenkoffer." Dieser Satz hat sich tief in mein Gedächtnis eingegraben, auch wenn ich damals nicht im Geringsten verstand, was Jochen mit diesem Satz eigentlich sagen wollte. Als Kletterneuling war ich noch weit davon entfernt, die gedankliche und sprachliche Tiefe von Klettererweisheiten wie der oben zitierten verstehen zu können. Leider kam es nicht mehr dazu, dass mir Jochen zu der Weisheit auch den Schlüssel zum Verständnis der Weisheit liefern konnte. Als mich nämlich mein Klettermeister Jochen das erste Mal mit ins Gebirge nahm, da zeigte nicht Jochen mir, wo und wie der (Kletter)Hase läuft, sondern zeigte der Berg dem Hasen, dass er kein Kletter-, sondern ein Angsthase war, und dass ein Hase besser läuft als klettert. In der Rampenführe, einer IVer-Route an der Ciavazes in den Dolomiten, kam plötzlich die große Angst über Jochen. Nach der zweiten von zehn Seillängen sagte er zu mir, dass er mit dem Klettern aufhören würde. Hätte diese Aussage denselben Zuverlässigkeitsgrad gehabt wie die Aussage eines Rauchers, dass er mit dem Rauchen aufhört, oder eines Trinkers, dass er mit dem Trinken aufhört, und wäre die zeitliche Nähe zwischen dem ausgesprochenen Vorsatz und der Realisierung des Vorsatzes so groß gewesen wie man sie von Rauchern oder Trinkern erwartet, hätte ich mir keine Sorgen machen müssen. Bedauerlicherweise war es Jochen mit seiner Entscheidung ernst. Noch schlimmer war, dass er mit der Realisierung seines Entschlusses nicht bis zum Ende der Route warten, sondern das Klettern sofort, ohne jeglichen zeitlichen Aufschub einstellen wollte. Dies war insofern ungünstig, als wir zu diesem Zeitpunkt bereits achtzig Meter über Grund waren und bis zum Ende der Route noch acht Seillängen zu klettern hatten. Dass Jochen seinen Entschluss, hinfort nicht mehr zu klettern, dahingehend abänderte, dass er nicht alle Formen des Kletterns, sondern nur das Klettern im Vorstieg meinte, vereinfachte unserer Situation nicht im Geringsten, da ich als derjenige, der nun vorzusteigen hatte, über nicht mehr alpine Klettererfahrung verfügte als die gerade im Nachstieg gekletterten achtzig Meter. Nicht kaltes Wasser war es, in das ich geworfen wurde, sondern Eis!

Nachdem ich meine ersten acht alpinen Seillängen vorgestiegen war und wir die Route sicher hinter uns gebracht hatten, hatte sich auch auf unserer Freundschaft Eis gelegt. Wir fuhren nach Hause und ich ging nie wieder mit Jochen klettern. Jochen verlegte sich aufs Laufen und ich suchte mir andere Kletterpartner. Außer der Rampenführe ist mir aus der gemeinsamen Kletterzeit mit Jochen nur der anfangs zitierte Satz im Gedächtnis haften geblieben.

Je öfter ich in die Berge fuhr, in steilen Wänden hing und mich auf kalte Berge kämpfte, desto stärker ergriff die Gesinnung, aus der die Idee mit dem Hartschalenkoffer auf dem Heilbronner Weg geboren worden war, von mir Besitz. Je höher und steiler die Wände und je kälter die Berge wurden, die ich bestieg, desto elitärer wurde ich in meinem Denken. Auf alle die, die es lieber warm als kalt hatten, und die sich lieber horizontal als vertikal fort bewegten, sah ich herab, da ich der Meinung war, dass solche Menschen nicht aus eigenem Antrieb, sondern aus ihrer individuellen Begrenztheit ein warmes und horizontales Leben bevorzugten. Ich dachte, wer wandert ist zu schwach, zu ungelenk, zu dick, zu faul, zu langsam, um, wie ich, zu klettern. Ich war das Besondere, das sich aus der Masse des Normalen und Gewöhnlichen hervorhob. Das Normale und Gewöhnliche war, den Heilbronner Weg, diesen beliebten Allgäuer Höhenwanderweg, an zwei bis drei Tagen zu durchwandern. Für einen Kletterer wie mich, der weder normal ist noch Gewöhnliches tut, war allein schon die Beschäftigung mit etwas, das sich nicht im Vertikalen und Schattigen, sondern im Horizontalen und Sonnigen abspielte, äußerst problematisch. Wenn ich mich mit dem Heilbronner Weg beschäftigte, bedeutete das, dass es zwischen mir und der Wanderwelt eine Schnittmenge gab, was nicht sein durfte, da ich mich als Kletterer in anderen Welten als die nicht-kletternde Welt bewegte und mich gerade durch die Getrenntheit der Welten von der Masse unterschied und aus der Masse hervorhob.

Dass Jochen trotzdem vom Heilbronner Weg gesprochen und sich auf die Ebene der Wanderer herabbegeben hatte, erklärt sich dadurch, dass das Besondere nicht allein aus seiner Differenz zum Gewöhnlichen sichtbar wird, sondern nur dann, wenn es außer der Differenz auch eine Übereinstimmung gibt. Dadurch, dass jemand klettert, ist er nicht besser als jemand, der wandert; was der Kletterer tut, ist nicht besser, sondern anders als das, was der Wanderer tut. Will man besser sein, so kann dies nur in derselben Disziplin sein. Eine solche Disziplin ist beispielsweise der Heilbronner Weg. Will man als Kletterer besser sein als die Masse der Wanderer, dann darf man den Heilbronner Weg nicht wandern wie ihn die Wanderer wandern, sondern besser. Für Jochen bestand das ‚Besser' in der Mitnahme eines Hartschalenkoffers. Wenn Jochen den Heilbronner Weg mit einem Hartschalenkoffer beging, so demonstrierte dies seine körperliche Überlegenheit all denen gegenüber, die den Heilbronner Weg nicht mit einem Hartschalenkoffer, sondern mit einem Rucksack begingen. Denn die Mitnahme eines Hartschalenkoffers auf diesem Höhenweg ist zweifelsohne anstrengender und beschwerlicher als die Mitnahme eines Rucksackes. Den Wanderern, die mit Rucksack schwitzten, zeigte er: ihr kommt mit eurem Rucksack schon an eure physische Grenze; ich aber bin um so viel stärker als ihr, dass ich ohne zu schwitzen auch noch einen Hartschalenkoffer hinter mir herziehen kann!

Ich weiß nicht, ob Jochen seine Idee, den Heilbronner Weg mit einem Hartschalenkoffer zu begehen, realisiert hat. Nach dem Ende seiner Kletterer-Karriere in der Rampenführe zweifle ich daran. Für mich kam die Variante mit dem Koffer nie in Betracht, da ich zum einen keinen Hartschalenkoffer besitze, da zum andern Jochens Verhalten in der Rampenführe die Koffer-Variante diskreditiert hat. Allerdings blieb der Heilbronner Weg als einer geeigneten Disziplin, die eigenen Fähigkeiten unter Beweis stellen zu können, immer in meinem Hinterkopf, und drängte sich besonders dann in den Vordergrund, wenn ich mal wieder keinen Kletterpartner fand. Nachdem ich nämlich lange genug mit dem Finger auf die Begrenztheit der anderen gezeigt habe, ist mir – Gott sei's gedankt – endlich auch die eigene Begrenztheit deutlich geworden: Ich bin viel zu ängstlich, um allein klettern zu können. Wenn ich niemanden finde, der sich mit mir an ein Seil bindet, kann ich nicht klettern gehen. Um mich dennoch in den Bergen bewegen zu können, bleibt mir quasi keine andere Möglichkeit, als zu wandern. Da ich aber den Geist des Hartschalenkoffers in mir spüre, ist es mir unmöglich, so zu wandern wie andere wandern.

Vor einigen Jahren haben Hartschalenkoffer und Seilpartnernot ein gemeinsames Kind gezeugt. Es trägt den Namen HeiMin-Hi. Heilbronner Weg, Mindelheimer Klettersteig und Hindelanger Klettersteig in einem; an einem Stück, an einem Tag. Ob die Kombination dieser drei Allgäuer Wege innerhalb der vierundzwanzig Stunden eines Tages und im Rahmen der körperlichen Gegebenheiten eines Menschen im Allgemeinen und meiner eigenen körperlichen Voraussetzungen im Besonderen, überhaupt möglich ist, wurde von mir nicht erörtert. Die planerischen Überlegungen beschränkten sich auf Details wie die Reihenfolge der Klettersteige und die Anzahl der Cola-Flaschen, die mitzunehmen waren. Nach einem Frühjahr, das sich durch mäßiges Training ausgezeichnet hatte, stand eines Morgens im August HeiMinHi vor mir und sagte ‚Jetzt!' Was sollte ich tun? Ich rief Andreas an, dem ich von HeiMinHi erzählt hatte. Andreas sagte ‚gut' und ‚übermorgen'. Die anfängliche Reihenfolge Hindelanger-Mindelheimer-Heilbronner wurde zu Heilbronner-Mindelheimer-Hindelanger abgeändert. Meine erste Idee war gewesen, in Hindelang zu parken und dann über den Hindelanger nach Oberstdorf zu gehen; anschließend den Mindelheimer zu machen und über den Heilbronner wieder nach Oberstdorf zu gehen. Das Problem dieser Reihenfolge war, dass wir nach dem letzen, dem Heilbronner Weg, in Oberstdorf waren, das Auto aber in Hindelang stand. Andreas, dessen Gehirnzellen noch elastischer als meine sind, bereicherte die Diskussion um die Reihenfolge um den klugen Hinweis, dass man den Hindelanger ja auch von Oberstdorf aus machen könne und nicht von Hindelang aus machen müsse. Dieser Hinweis führte dazu, dass wir uns für Oberstdorf als Ausgangspunkt entschieden. Ein wichtiges Kriterium für die Reihenfolge der Wege war die Helligkeit. Wir wollten auf keinen Fall einen Klettersteig im Dunkeln machen müssen. Wandern im Dunkeln ging, Klettern im Dunkeln ging nicht. Uns war klar, dass es im August nicht mehr lange genug hell für alle drei Wege sein würde. Mit dem Hindelanger zu beginnen, hätte bedeutet, dass wir im Dunkeln klettern mussten. So dachten wir. Aber denken ist Glücksache, und dass es möglicherweise doch klüger gewesen wäre, mit dem Hindelanger anstatt mit dem Heilbronner zu beginnen, lässt sich hinterher immer einfacher sagen als vorher.

Da wir nicht nur des Wanderns wegen ins Allgäu fahren wollten, gönnten wir uns am Tag vor HeiMinHi noch ein paar hübsche Seillängen im Tannheimer Tal. Dies führte dazu, dass wir erst eine Stunde vor Mitternacht auf dem Parkplatz der Nebelhornbahn in unsere Schlafsäcke kriechen konnten. Wir schliefen beide nicht besonders gut. Als wir Viertel vor vier Uhr aufstanden, sahen wir helles Wetterleuchten im Westen.

Wir waren gerade dreißig Minuten gegangen, als im Dunkel vor uns ein Hund zu bellen begann. Das Bellen wurde schnell lauter. Dann sahen wir zwei Augen glitzern und einen großen schwarzen Hund auf uns zu rennen. Schon als das Bellen lauter geworden war, hatten wir uns nicht mehr von der Stelle bewegt. Der Hund blieb etwa zehn Meter von uns entfernt stehen. Er hörte nicht auf zu bellen, lief ein Stück nach links, dann nach rechts, ein Stück vor, ein Stück zurück. Andreas holte seine Stöcke aus dem Rucksack. Der Hund machte eher Anstalten, uns anzufallen, als von uns abzulassen. Sollten wir zurückgehen und einen anderen Weg suchen? Nein, wenn wir zurückwichen, würde der Hund erst recht angreifen. Wir warteten. Der Hund fixierte uns und bellte. Nach einigen Minuten lief der Hund davon und hörte auf zu bellen. Dass wir den Hund nun nicht mehr hörten und nicht mehr sahen, machte die Situation nicht weniger bedrohlich. Langsam gingen wir weiter, immer damit rechnend, dass der Hund plötzlich aus dem Dunkel auf uns zugeschossen kam. Wir sahen ein Haus und plötzlich stand auch der Hund wieder vor uns. Er bellte ein paar Mal und verschwand hinter dem Haus.

Als wir in den Wald kamen, zog ein Wind auf. Im Westen verschwanden die Sterne hinter schwarzen Wolken. Die Blätter in den Bäumen raschelten aufgeregt. Wir hofften, die Häuser von Spielmannsau zu erreichen, ehe der Regen begann. Die ersten Tropfen fielen. Der Blätterwald über uns war dicht. Weiter vorn wollten wir die Regenjacken anziehen. Dann platzte der Regen aus dem Himmel. Gefolgt von Hagel. Der Donner schlug, kaum dass der Blitz die Nacht erhellt hatte. So schnell wir konnten, zogen wir die Regenjacken an – nicht schnell genug für die Wassermassen, die auf uns niederprasselten. Der Waldweg wurde zu einem Bach und durchnässte nach unseren Kleidern auch unsere Schuhe und Socken. Eine Viertelstunde wurden wir begossen, stapften wir durch Matsch und Pfützen, bis wir endlich Spielmannsau erreichten und uns unterstellen konnten. Bald hörte es auf zu regnen und blieb trocken für den Tag. Nur die Schuhe und die Socken blieben nass und quakten bis zum Mittag.

Acht Uhr war es, als wir auf der Kemptner Hütte ankamen. Zwei Stunden und fünfundvierzig Minuten hatten wir von Oberstdorf hierher gebraucht. Zwei Stunden war der Plan gewesen. Wir setzten uns zwischen die frühstückenden Wanderer und tranken heißen Kaffee. Es lief nicht so rund, wie wir gehofft hatten; weder das Wetter, noch die Beine waren optimal. Statt sechseinhalb benötigten wir drei Stunden von der Kemptner zur Rappenseehütte. Das war schnell, aber nicht schnell genug, da wir mit zwei Stunden gerechnet hatten.

Oberhalb der Rappenseehütte machten wir kurz Pause. Ich war durstig. Bis auf den Kaffee in der Kemptner Hütte hatte ich bislang nichts getrunken. Der Liter Cola, den ich als einziges Getränk mitgenommen hatte, war schnell getrunken. Fast zwei Stunden waren wir unserem Zeitplan hinterher. Daran änderte auch nichts, dass wir nur fünfundvierzig Minuten zur Schwarzen Hütte im Rappenalpental und von dort nur wenig mehr als eine Stunde zur Mindelheimer Hütte benötigten. Zur Mittagszeit, in Südexposition, schattenlos und bei wolkenlosem Hochsommeraugusthimmel, stiegen wir zur Mindelheimer Hütte auf. Das große Spezi auf der Hütte deckte den Wasserverlust bei weitem nicht. 13.30 Uhr Abmarsch von der Hütte. Ein Jahr zuvor hatte ich für den Mindelheimer Klettersteig eine Stunde benötigt. Eineinhalb Stunden waren es diesmal. Die Leitern hinauf stieg ich bedeutend langsamer als im Jahr zuvor. Bei hohen Tritten begannen die Oberschenkel zu krampfen. Traubenzucker mit Magnesium beruhigte die Muskeln, änderte aber nichts daran, dass sie merklich ermüdeten.

Nach dem Ende des Klettersteigs, oberhalb der Fiderepasshütte, war es 15 Uhr. Um 15 Uhr hatten wir am Fuß des Nebelhorns sein wollen, um von dort den letzen Klettersteig, den Hindelanger, anzugehen. Von dort zwei Stunden auf das Nebelhorn, 17 Uhr, zwei Stunden Hindelanger, 19 Uhr, eine Stunde zurück zum Nebelhorn, 20 Uhr, eine Stunde hinunter nach Oberstdorf, 21 Uhr. So war der anfängliche Plan gewesen: nach allen drei Wegen beim letzten Licht der Sonne wieder am Ausgangspunkt. Nun war es 15 Uhr, aber wir waren nicht am Fuß des Nebelhorns, sondern weit davon entfernt, oberhalb der Fiderepasshütte. Ich bin zwar besonders schnell, wenn es bergab geht, aber bei weitem nicht schnell genug, um die Distanz von zwölf Kilometern von der Fiderepasshütte bis Oberstdorf in weniger als einer Minute zu bewältigen.

Es wurde 16 Uhr und es wurde 17 Uhr, ohne dass wir Oberstdorf erreichten. Die Beine hatten jede Leichtigkeit verloren. Läge die Entscheidungsgewalt über den weiteren Verlauf des Tages bei meinen Beinen, darüber, ob wir noch auf das Nebelhorn aufsteigen sollen oder nicht, darüber, ob wir den Hindelanger noch angehen sollen oder nicht, dann würde die Entscheidung klar gegen Nebelhorn und Hindelanger ausfallen.

Um 18 Uhr waren wir wieder an unserem Ausgangpunkt, am Parkplatz am Fuß der Nebelhornbahn angelangt. Unsere Beine stiegen ins Auto, nicht auf das Nebelhorn. Die Idee, Heilbronner Weg, Mindelheimer und Hindelanger Klettersteig zusammen an einem Tag zu machen, musste an diesem Tag im August eine Utopie bleiben. Zwei von drei Wegen waren möglich gewesen, mehr nicht. Heilbronner und Mindelheimer, kein Hindelanger: HeiMinkeiHi.

# Die hohe Wand

... heißt Monte Rosa Ostwand und wurde von mir nie durchstiegen. Auch von Joe nicht, der sie mit mir durchsteigen wollte. Joe war ein genauso guter Felskletterer, Eiskletterer, Bergsteiger und Biwakist wie ich und mit derselben Dominanz des Fleisches über den Geist ausgezeichnet wie ich. Weil das Fleisch nach hohem Eis gierte, hörte es nicht auf den Geist, der weiter denken als das Fleisch sehen konnte.

Joe befand sich in Chamonix. Er hatte einen Eiskurs geleitet. Eis- und Kletterkurse brachten Joe und mir die körperliche Vorbereitung und das Geld für die Besteigung der hohen Alpenwände, die zu besteigen wir uns wünschten. Wir verdienten nicht viel mit den Kursen, aber genug, um Anfahrt, Verpflegung und Zelt- oder Hüttenübernachtung finanzieren zu können. Ich wollte mit Joe nach Beendigung seines Kurses irgendeine lange und schwere Tour machen. Am letzten Abend von Joes Kurs war ich in Chamonix. Ich aß mit zu Abend und Joes Kursteilnehmer konnten live dabei sein, wie Joe und ich eine große und schwere Tour planten. In Chamonix gibt es sehr viele große und schwere Touren. Chamonix ist so etwas wie der Inbegriff für große und schwere Touren. Große und schwere Touren müssen auch einen großen Namen haben. Bonatti-Pfeiler oder Freney-Pfeiler beispielsweise. Auch Walker-Pfeiler klingt gut. Attraktiv war alles, das Pfeiler war. Joes Kursteilnehmer hörten beeindruckt auf das Hin und Her der Pfeiler zwischen Joe und mir. Als es dunkel wurde, hatten Joe und ich uns am Klang vieler Pfeiler, Wände und Berge erfreut, ohne zu einer Entscheidung gekommen zu sein, welcher Pfeiler, welche Wand oder welcher Berg es denn sein sollte. Am nächsten Morgen ging das Wälzen der Führer, die konzentriert flüsternde Lektüre der Routenbeschreibungen und das Abwägen von Für und Wider dieser oder jener Tour weiter und zog sich bis in den Mittag hin. Jede Route klang zu schön, um wahr werden zu können. Als Joes Kursteilnehmer längst abgefahren waren und wir schon längst auf dem Zustieg zu einer großen Wand hätten sein sollen, stellten wir begeistert fest, dass wir außer dem Führer über das Mont-Blanc-Massiv auch einen Führer über die Walliser Alpen dabei hatten. Sogleich suchten wir auch die Walliser Berge nach großen, steilen, kalten und namhaften Wänden ab und ließen uns die Routenbeschreibungen auf der Zunge zergehen. Als uns die Augen vom vielen Lesen brannten, schauten wir hinauf in die steilen Felstürme, die imposant über dem Tal in den Himmel ragten. Wir sahen die Eiskappen der hohen Viertausender und spürten, dass das Papier in unseren Händen, in denen die Wände und Berge, die wir sahen, beschrieben waren, ein schwacher Ersatz für diese Berge waren. Und wie viel Zeit hatten wir diesem Ersatz geopfert; kostbare Zeit, die wir in den Bergen hatten verbringen wollen! Nun galt es, sich zu sputen. Es war fast Mittag und die Zustiege in den Westalpen sind lang. Aber wohin, wo hinauf? Bonatti? Zu schwer! Freney? Zu gefährlich! Walker? Zu schwer! Was dann? Aiguille Verte? Hm! Die Droites, wie wären die Droites? Hm! Oder Mont Blanc, wie wäre der Mont Blanc? Waren wir doch schon! Ja, schon, aber von Süden, Peuterey oder Innominata? Zu weit! Schaffen wir heute nicht mehr! Was ist mit Wallis, gibt es nichts Hohes im Wallis? Mit weniger Fels und mehr Eis? Hm! Ich hab da im Führer was gesehen. Was Hohes, was richtig Hohes! Was, wo? Ein bisschen gefährlich! Macht nichts, Hauptsache hoch! Welcher Berg denn? Monte Rosa! Der Hatsch-Berg? Ja, der Hatsch-Berg, aber nicht die Hatsch-Seite! Die Ostwand ist die höchste Wand in den Alpen, steht im Führer! Was? Echt? Wusste ich gar nicht! Ist ja super! Lass uns hinfahren! Marinelli-Couloir heißt die Route, 2400 Höhenmeter vom Wandfuß bis zum Gipfel! Wahnsinn! Waaaahnsinn! Ich pack schon mal das Zelt ein! Schwer? Maximal 50 Grad steil, vielleicht oben etwas steiler und Kletterei. Super, super, super! Wie ist der Zustieg? Im unteren Drittel der Wand gibt es eine Biwakschachtel, von dort geht es los! Fünf Stunden sind es vom Tal bis zur Hütte!

Zehn Minuten später saßen wir im Auto und fuhren gen Westen. Nachdem wir bei bestem Wetter und in der besten Bergsteigerregion der Alpen einen ganzen Abend und einen ganzen Vormittag damit vertrödelt hatten, uns emotional durch die Lektüre von Beschreibungen von Kletter- und Eistouren zu bewegen, war nun endlich körperliche Bewegung angesagt. Anstatt jedoch das wundervolle Bergangebot und das Wetter in Chamonix, wo wir uns gerade befanden, für unsere körperlichen Aktivitäten zu nutzen, setzten wir uns ins Auto und fuhren um die halben Westalpen herum. Hinauf und hinunter nach Martigny, das Rhone-Tal flussaufwärts bis Brig im Wallis, dann den Simplon-Pass hinauf und hinunter über Domodossala bis fast an den Lago Maggiore, dann wieder hinauf nach Macugnaga. Fast eine Weltreise! Fünf Stunden Auto statt fünf Stunden Berg!

Als wir in Macugnaga ankamen, war es später Nachmittag. Nach Einkauf, Rucksack packen und der Diskussion, ob wir den Sessellift benutzen sollten oder nicht, war es früher Abend. Wir hatten uns entschieden, den Sessellift nicht zu benutzen – eine kluge Entscheidung, da er um 17 Uhr den Betrieb einstellte, es aber schon 17.30 Uhr war, als wir die Talstation passierten. Etwa auf halbem Weg zur Marinelli-Hütte begann es dunkel zu werden. Wenig später setzte Regen ein. Ich hatte nur meine leichte Regenjacke mitgenommen. Ich hatte sie neu gekauft und wollte ihre Wasserdichtigkeit testen. Sie war sehr orange. Wie sich schnell herausstellte, war sie bedeutend mehr orange als wasserdicht. Nach dreißig Minuten war sie völlig durch. Ich hatte mich beim Kauf zu sehr von der Farbe und vom Gewicht verleiten lassen; ich hätte sonst bemerkt, dass es sich mehr um eine Wind- als um eine Regenjacke handelte.

Um halb elf erreichten wir das Marinelli-Biwak. Dass diese Biwakschachtel gemauert war und nicht aus Wellblech bestand, kam unseren aufgeweichten Körpern und Rucksäcken sehr zupass. Dadurch dass diese Hütte eine ähnlich auffällige Farbe wie meine Jacke hatte, fanden wir sie auch in der dunklen Nacht, die uns zu dieser späten Stunde und aufgrund der dicken Regenwolken umgab. Ich war sehr froh darüber, dass diese Hütte nur in der Auffälligkeit der Farbe meiner Jacke ähnelte, nicht auch in ihrer Wasserdichtigkeit. Die Hütte war geräumig, mit Kocher, Matratzen und Decken gut ausgestattet, aber völlig versifft. Töpfe, Teller und Besteck lagen ungespült und mit alten eingetrockneten Essensresten auf dem Tisch und in der Spülschüssel. Wir konnten nicht verstehen, wie Bergsteiger eine solche Sauerei hinterlassen konnten. Der Zustand dieser Hütte passte so gar nicht in unser Bild vom Bergsteiger als einem in allen Dingen vorbildlichen Menschen. Mit großer Mühe gelang es uns, einen Topf und zwei Teller sauber zu bekommen. Wir kochten Nudeln und Tee. Als wir gegessen und getrunken hatten, war es eine halbe Stunde vor Mitternacht. Wir verließen die Hütte, um den Weg in die Eiswand zu suchen. Der Regen hatte etwas nachgelassen. Von dem Felssporn, auf dem die Hütte stand, war es nur ein kurzer Weg bis zum Marinelli-Couloir. Wir leuchteten mit unseren Stirnlampen in die Eisrinne und sahen viele tiefe Furchen. Ab hier waren es noch 1600 Höhenmeter bis zum Monte-Rosa-Gipfel. Irgendwo im Dunkel dort oben lagen Steine und Felsen, die beim ersten Strahl der Sonne oder in einer warmen Nacht wie dieser aus dem Eis tauten und über die lange Eiswand heruntergeschossen kamen. So groß und so zahlreich die Furchen waren, kamen hier häufig große Felsen die Wand herunter. Der Gedanke, in dieser riesigen Wand zu stehen und plötzlich einen tonnenschweren Felsklotz aus der Dunkelheit auf uns zurasen zu sehen, ängstigte uns.

Wir gingen zur Hütte zurück. Es war Mitternacht geworden. Wollten wir diese Wand einigermaßen sicher und heil durchsteigen, mussten wir jetzt aufbrechen. Nur wenn wir jetzt aufbrachen, konnten wir rechtzeitig aus der Wand wieder draußen sein, ehe der erste Sonnenstrahl das Eis und die Felsen darin tauen ließ. Während wir überlegten, begann der Regen stärker auf das Blechdach zu klopfen. Wenn es regnet und bedeckt ist, kommt auch die Sonne nicht und kann keine Felsen aus der Wand schmelzen, dachten und hofften wir und verschoben den Aufbruch auf später.

Ich schlief unruhig. Immer wieder schreckte mich ein dumpfes Grollen auf. War es Donner oder waren es Felsen, die über die Ostwand herunterkamen? Ich träumte, dass ich in der Eiswand stehe. Mit meinen Steigeisen und meinen Eisgeräten steige ich bergauf. Es ist dämmrig. Ich höre es über mir donnern, sehe riesige Felsen auf mich zuschießen. Ich beginne, über die Eiswand nach links zu rennen, aber auch dort werden mich die Felsen treffen. Ich renne nach rechts. Die Felsen kommen immer näher. Ich kann nicht ausweichen, die Wand ist zu breit und auf der gesamten Breite der Wand stürzt eine riesige Felslawine auf mich zu.

Ich wache auf. Auch Joe ist wach. Hörst du die Steine, die durch das Couloir herunterdonnern, frage ich ihn. Ja, ich höre sie, antwortet Joe. Ich drehe mich um und versuche, wieder einzuschlafen. Irgendwann beginnen die Regentropfen wieder auf das Blechdach zu klopfen. Das gleichmäßige und beruhigende Geräusch des Regens überdeckt den Steinschlag in der Wand und die düsteren Träume. Ich schlafe ein und erwache erst wieder, als es schon dämmrig ist. Joe steht am Herd und kocht Wasser für den Tee. Eine halbe Stunde später stehen wir mit gepackten Rucksäcken vor der Hütte. Bei strömendem Regen steigen wir ab ins Tal und fahren nach Hause.

## Tempus fugit

Wenn die Kraft nachlässt, die Muskeln an Spannung verlieren, dann wirft die schlaff gewordene Haut bald Falten, wird unelastisch, zäh. Am Ende der schnellkräftigen Jugendjahre bleiben für den Rest des kurzen noch verbleibenden Lebens das Trostgespinst der länger als die Jugend währenden Ausdauer und die aus dem äußeren Erscheinungsbild der unschön zäh gewordenen Haut zu einem positiven inneren Wert substantivierte Zähigkeit. Wie schön wäre es, wenn wenigstens die Ausdauer, diese Reststärke des Alterskörpers, von einer länger als die Jugend währenden Dauer wäre. Sie ist es nicht, natürlich nicht, kann es nicht sein; jede Dauer, jede Spanne Zeit im Menschenleben, ist begrenzt und fliegt dahin. Tempus fugit! Als ich noch jung war, hatte ich das Wissen um diese Weisheit. Ich wusste um die Zeit, aber spürte sie nicht. Seit ich die Zeit und die Grenze, die sie meinem Leben setzt, spüre, weiß ich, dass ich nicht mehr jung bin.

Als ich noch jung war, war jeder Tag ein Meer voll Zeit. Das Leben, das ich führte, und die Zeit zu leben, waren ohne Ende. Nun sind die Zeiten, in denen etwas endlos dauern kann, für immer dahin. Jeder neue Tag, den ich erlebe, ist kürzer als der vorausgegangene. Aus dem Meer voll Zeit ist eine Pfütze geworden, die mit jedem neuen Tag kleiner wird. Objektiv gesehen hat jeder Tag etwa vierundzwanzig Stunden. Subjektiv gefühlt haben sich diese vierundzwanzig Stunden inzwischen auf sieben Stunden verkürzt. Kaum bin ich aufgestanden, ist es Mittag, und bis zum Abendbrot bleibt kaum Zeit für eine Tasse Kaffee. Dann übermannt mich schon wieder die Müdigkeit, die Sonne geht unter und der nächste Tag ist bis zur Mittagsstunde vorgerückt. Die subjektive Beschleunigung der Zeit ist unaufhaltsam und exponentiell. Als ich zwanzig wurde, hatte ich bereits die Hälfte meines Lebens hinter mir. Von meiner Geburt bis zu meinem zwanzigsten Geburtstag verging die Zeit so herrlich langsam; es schien, als ob die Zeit stehen geblieben sei. Die zweiten zwanzig Jahre meines Lebens fühlten sich im Vergleich zu den ersten zwanzig Jahren so an, als ob sie nur wenige Stunden gedauert hätten. Wenn sich die Geschwindigkeit, mit der die Zeit vergeht, nicht verringert, sondern noch zunimmt, dann bleibt mir kaum noch Lebenszeit, um diese Zeilen zu Ende zu schreiben.

Alle Versuche, der Beschleunigung der Verringerung meiner Lebenszeit entgegen zu wirken, sind zum Scheitern verurteilt. Ich kann es nicht aufhalten, auch wenn ich mich mit allen mir noch zur Verfügung stehenden Kräften dagegen stemme. Bedauerlicherweise erhöht sich die Geschwindigkeit, mit der sich mein Leben seinem Ende nähert, gerade dann, wenn ich versuche, diese Geschwindigkeit zu reduzieren. Je mehr ich versuche, den Zeitnutzungskoeffizienten zu erhöhen und jede Sekunde meines Lebens mit erlebnisreichen Inhalten fülle, desto stärker fühle ich, wie schnell und immer schneller meine Zeit vergeht. Mit der Zeit verringert sich zunehmend auch die Eindrücklichkeit des Erlebten. Was ich in meiner zeitlosen Kindheit und Jugend erlebte, hat mich tief bewegt, was ich heute erlebe, berührt mich kaum noch. Früher hatte jedes Erlebte genügend Zeit, sich tief in mich einzugraben; heute braust alles Geschehen an mir vorüber. Mehr als eine schwache Berührung an der Oberfläche ist bei dieser Geschwindigkeit nicht möglich. Manchmal, an einem Tag des Glücks, verfängt sich ein vorbeirauschendes Ereignis im Faltengebirge meiner Haut. Ist es dann schwer genug, in meine zähe Oberfläche einzudringen, dann spüre ich noch einmal die Intensität des Lebens und steht für einen Augenblick die Zeit.

Mein Bruder hatte einmal die Idee, am Grand Canyon, den ich den großen Graben nenne, seine Ausdauer zu testen. Ein Ort, an dem die Landschaft groß und tief ist, macht groß und tief auch das Gefühl. Am großen Graben soll man trinken, so die Hinweistafeln, trinken, trinken, trinken und auch essen. Wandern auch, aber nur bedingt. Bedingung ist, dass getrunken wird, mehr getrunken als gewandert. Denn trinken ist wichtiger als wandern und trinken reinigt, wenn es Wasser ist, wohingegen wandern schmutzig macht, schweißtreibend und staubig. Der Amerikaner, in dessen großem Land der große Graben die größte Tiefe ist, mag den Schmutz nicht. Deswegen das Trinken, deswegen besser trinken als wandern.

Mein Bruder ist ein Amerikaner und kein Amerikaner; deswegen trinkt und wandert er zugleich. Er hatte die Idee, am großen Graben zu testen, wie groß im Vergleich zum Graben die Ausdauer sei, und trat mit dieser Idee an mich heran. Die Schwierigkeit, mich mit dieser Idee auseinanderzusetzen, war nicht der große Graben, sondern das Trinken und das Wandern. Als klassisch extrem denkender Alpinkletterer trinke ich nicht oder wenig – und lieber zucker- oder alkoholhaltige Getränke als Wasser – und wandere nicht oder nur, wenn Klettern nicht möglich ist und ich nicht Gefahr laufe, von echten Wanderern als ihresgleichen betrachtet zu werden. Die Idee meines Bruder, auf deren gemeinsame Realisierung ich mich schließlich und nicht ungern einließ – schließlich musste ich ja nicht unbedingt Wasser, sondern durfte auch Cola oder Dr. Peppers trinken; außerdem beging ich, wenn ich das empfohlene Trinkmaß von etwa einer Gallone Wasser (ca. 3,8 Liter) auf zehn Kilometern deutlich unterschritt, keine Straftat – war folgende: Vom Südrand des großen Grabens zum Nordrand und wieder zurück an einem Tag; Insider nennen dies ‚rim to rim to rim'. Wegstrecke 75 Kilometer, 3000 Höhenmeter hoch und 3000 Höhenmeter runter. Bei einer Gallone Wasser auf 10 km machte das 7,5 Gallonen auf 75 km, fast 30 Liter. So viel Wasser trinke ich in einem Monat nicht. Unmöglich, so viel Wasser innerhalb eines Tages in mich hineinzuschütten. Wo soll denn so viel Wasser in meinem mickrig kleinen Leib Platz finden? Und 30 Kilogramm zu tragen, ist für mich Gewichtsfetischisten völlig inakzeptabel, insbesondere, wenn es ums Wandern geht, wozu man ja eigentlich überhaupt kein Gepäck benötigt, da man im Gegensatz zum extrem gedachten Klettern, weder schwitzt, also nicht trinken muss, und durch die geringe körperliche Anstrengung auch keine Energie verbrennt, also auch nichts essen muss. Deshalb kann der Rucksack eines Wanderers aus der Perspektive eines extrem denkenden Kletterers nichts wiegen und ist überflüssig; es gibt nichts, das beim Wandern nötig wäre, mit sich herumzutragen. Ich persönlich trage nie einen Rucksack, wenn ich wandern gehe. Ich besitze auch keinen Wanderrucksack! Und mein Kletterrucksack weigert sich strikt, wandern zu gehen. Die empfohlenen und aus amerikanischer Sicht überlebensnotwendigen 30 Liter Wasser hätten beinahe den ‚rim to rim to rim' vereitelt. Aber, wie sich herausstellte, gab es genügend Wasserstellen auf dem Weg, so dass ich weder 30 Liter Wasser mit mir herumschleppen, noch einen Rucksack tragen musste, in dem die 30 Liter Wasser Platz gefunden hätten. Für die Tatsache, dass ich trotzdem einen Rucksack trug, fällt mir folgende Erklärung ein: Aufgrund meines altruistischen Wesens konnte ich es nicht zulassen, dass mein Bruder und alle Menschen, die im großen Graben unterwegs sind, schwitzen – wahrscheinlich weil sie so viel Wasser trinken –, ich aber transpirationsfrei bleibe. Um diese Ungleichheit zwischen dem nicht-schwitzenden Ich und dem schwitzenden Du zu beseitigen, trug ich einen Rucksack, um zumindest an der Stelle, an der der Rucksack am Rücken aufliegt, eine respirationsfreie Fläche entstehen zu lassen, wodurch mein Körper veranlasst wurde, Schweiß zu produzieren.

Es war im Jahre 2004, in dem mein Bruder und ich über die Tiefe des großen Grabens in unsere eigenen Tiefen gelangten. Es war Anfang Mai und es war 3.30 Uhr ante meridiem und ante Kaffee, als wir über den Bright Angel Trail in den großen Graben hinabstiegen. 21 Stunden später standen wir wieder an derselben Stelle. Es war dunkel wie am Morgen und auch aus unseren Augen war jede Leuchtkraft gewichen. Was das Dunkel des Morgens, an dem wir aufbrachen, von dem Dunkel der Nacht, in der wir zurückkehrten, unterschied, war deren Klang. Am Morgen war es der Gesang der Vögel, der noch vor der ersten Helligkeit den Klang unsere Tritte auf Sand und Stein begleitet hatte. Mit dem Aufziehen der Nacht, noch ehe wir das letzte Mal den Colorado überquerten, verstummte jede Kreatur. In völliger Dunkelheit bewältigten wir den Aufstieg, den wir am Morgen vom Gesang der Vögel begleitet hinab gesprungen waren. Unserer Schritte waren im Vergleich zum Morgen langsam und laut geworden; statt der verstummten Vogelstimmen hallte unser Keuchen von den steilen Wänden wider. Unsere Beine hatten Ausdauer gezeigt, Genuss und Freude nicht.

Die Tiefe des Erlebnisses war so groß, dass mein Bruder und ich uns wenige Jahre später noch einmal an den großen Graben begaben. Noch einmal ‚rim to rim to rim'. Für weniger waren wir noch nicht alt genug, für mehr bereits zu alt geworden. Was ‚mehr' in diesem Zusammenhang bedeutet, erkannten wir, während wir wanderten: zwei Jogger kamen uns entgegen, als wir nach 38 Kilometern gerade den Nordrand und die Hälfte des Weges hinter uns gebracht hatten. Dreißig Minuten später kamen sie von hinten angerannt und überholten uns. Was wir wanderten, joggten die beiden. Die Strecke, für die mein Bruder und ich dies zweite Mal knapp unter 20 Stunden benötigten, liefen die beiden Läufer in 12 Stunden. Wie wir später erfuhren, hatten die beiden auch beim letzten, 1200 Höhenmeter langen Aufstieg, nach 70 Kilometern Strecke, noch frisch ausgesehen.

Wir waren diesmal früher aufgebrochen, um Mitternacht. Die Strapazen waren geringer als beim ersten Mal, wenn auch die Hitze größer. Der frühe Aufbruch ersparte uns die Dunkelheit im Schlussanstieg. Dass wir am Ende des langen Weges noch Tageslicht hatten, tat dem ermatteten Körper wohl und hellte die müden Augen auf. Der guten Sonne ist es zu verdanken, dass die Erschöpfung nicht im Keuchen endete. Das Nicht-Vorhandensein von Schmerz ist noch ein Grund, dass es beim zweiten Mal auch noch zum Ende hin mehr ein Genuss als eine Qual gewesen ist. Beim ersten Mal hatte zur Hälfte der Strecke mein Knie zu stechen begonnen. Der Schmerz begleitete mich die folgenden 27 km bei jedem Schritt; die letzen 10 km waren meine Schmerzrezeptoren zu sehr geschwächt, um weiter das Leiden des Knies auf meinem Gesicht abbilden zu können.

Beim zweiten Mal kein Schmerz, kein Keuchen, keine Qual; wir hatten unsere eigene Zeit vom ersten Mal um neunzig Minuten unterschritten und hatten dennoch im Wettlauf gegen die Zeit verloren. Waren es beim ersten Mal noch gefühlte 21 Stunden gewesen, die wir gekämpft hatten, so waren von den 20 Stunden objektiver Zeit beim zweiten Mal nicht mehr als 10 Stunden gefühlte Zeit übrig geblieben. So sehr wir uns auch bemühen, so schnell wir auch sein mögen, die Zeit wird immer schneller sein als wir, und je älter wir werden, desto deutlicher zeigt sie uns, um wie viel schneller sie ist als wir. Je schneller die Zeit an uns vorbeirauscht, desto langsamer werden wir. Aber wir dürfen dennoch nicht stehen bleiben, müssen der Zeit hinterher rennen; denn verlieren wir die Zeit, haben wir unser Leben verloren. Neunzig Minuten haben wir gewonnen und zehn Stunden haben wir verloren. Von der Großartigkeit und Eindrücklichkeit ist nichts geblieben. Der lange Tag, er zog so schnell vorüber; kein Bild, kein Ton blieb an mir haften. Was bleibt an Hoffnung, wenn selbst der größte Graben keine Tiefenwirkung hat? Muss ich nun akzeptieren, dass die Emotionen immer schwächer werden, dass mit dem Schwinden der Gefühle und der Körperkraft, der Verlangsamung meines Lebens und der Beschleunigung der Zeit ich unbewusst mich auf das Ende vorbereite? Am Ende meiner Tage bin ich so langsam und ist die Zeit so schnell, dass ich der Welt bewegungslos erscheine, kein Ereignis jener Welt erreicht mehr meine Sinne und nichts ist Reiz genug, dass ein Gefühl sich in mir regte. Die Kraft ... zu leben, ... tot!

# Peter und Marion

Es ist natürlich Unsinn zu behaupten, dass das, was sich ereignete, vorhersehbar gewesen wäre. Dass Peter und Marion nicht mehr gemeinsam nach Hause kamen, lag nicht daran, dass die beiden ihr Leben nicht mehr mit dem andern teilen wollten. Es war einfach ein Unglück, das nicht zu verhindern gewesen war. Am Donnerstag wurde die Bergrettung in Linthal darüber informiert, dass zwei deutsche Bergsteiger, ein Mann und eine Frau, vermisst wurden. Vier Tage zuvor, am Sonntagabend, waren sie das letzte Mal gesehen worden. Sie hatten auf der Fridolinshütte im Kanton Glarus zu Abend gegessen und hatten am Montag auf den Tödi steigen und am Montagabend wieder zuhause sein wollen. Da Marion am Dienstag nicht bei der Arbeit erschienen war, hatten sich ihre Kollegen Sorgen gemacht. Marion war zuverlässig und verantwortungsbewusst. Hatte sie einen Auswärtstermin oder arbeitete sie zuhause, informierte sie ihre Kollegen immer rechtzeitig darüber. So hatte sie ihren Kollegen auch gesagt, dass sie Montag nicht zur Arbeit kommen würde, da sie mit ihrem Freund für ein verlängertes Wochenende in die Berge fahren wollte. Als Marion auch am Nachmittag noch nicht da war, rief Marions Kollegin Sabine in Marions Wohnung an. Dann versuchte sie es auf Marions Mobiltelefon und auf dem Mobiltelefon ihres Freundes Peter. Als Sabine niemanden erreichte, rief sie bei der Polizei an und fuhr nach der Arbeit auf die Polizeiwache. Der Polizist auf der Wache versuchte Sabine zu beruhigen. „Vielleicht haben die beiden auf dem Rückweg noch Freunde besucht." „Dann hätte Marion angerufen und gesagt, dass sie Dienstag nicht kommt", antwortete Sabine leicht verärgert. „Wenn Marion nicht kommt, meldet sie sich ... und zwar immer." Der Polizeibeamte konnte zwar Sabine nicht von der Meinung abbringen, dass etwas passiert sein musste, aber er konnte sie davon überzeugen, mit der Vermisstenanzeige noch bis zum nächsten Tag zu warten. In der Nacht, die man noch abwarten wollte, der Nacht von Dienstag auf Mittwoch, kämpfte Peter das letzte Mal um Marions Leben. Nachdem Sabine von der Polizeiwache nach Hause gefahren war, rief sie ihre Kollegen an und teilte ihnen die Empfehlung des Polizeibeamten mit. Zehn Minuten nachdem sie den Hörer aufgelegt hatte, starb Marion. Als Sabine einschlief, bemerkte Peter, dass seine Freundin nicht mehr atmete. Er begann sie zu schütteln, schlug ihr an die Backen, um sie aufzuwecken, rief ihren Namen. Aber sie hörte ihn nicht mehr. Er begann zu schreien und hörte nicht mehr auf zu schreien. Aber so laut und so kräftig er auch schrie, seine Stimme war zu schwach, um den Tod aus Marion herauszutreiben. Am frühen Morgen, die Sonne war noch nicht aufgegangen, war Sabine aufgestanden, um etwas zu trinken. Peters Schreie waren verstummt. Liebevoll streichelte er Marions kaltes und regungsloses Gesicht. Mit seinen Fingerkuppen fuhr er sanft über ihren Unterarm. Marion wurde gern gestreichelt. Wenn Peter ihren Unterarm streichelte, drehte sie den Arm, damit er auch die andere Seite streichelte, oder sie hielt ihm den anderen Arm hin. Nichts mochte Marion lieber als von Peter gestreichelt zu werden. Wenn sie eine Katze wäre, würde sie schnurren, sagte sie dann, und aus ihrem Mund kam ein genüssliches ‚mmmm'. Aber Marions Mund blieb stumm. Ihre Lippen waren fest und hart geworden. Der Arm drehte sich nicht, als Peter ihn streichelte, sondern hing schlaff herunter wie ein weiches totes Ding. Wie Marions Arm waren auch ihr Gesicht, ihre Beine, ihr ganzer Körper zu etwas ganz anderem geworden, ohne dabei ihr Aussehen verändert zu haben. Alle

Nähe und Vertrautheit zwischen Peter und Marion waren verschwunden und einer beängstigenden Fremdheit gewichen. Peter sah Marion, aber es war nicht mehr seine geliebte Freundin, die neben ihm lag. Marion existierte nicht mehr.

Viele Jahre nach Marions Tod erzählte mir Peter, wie Marion gestorben war. Peter erzählte, dass schon bald nach dem Aufbruch von der Fridolinshütte am dunklen Sonntagmorgen Marions unsäglicher Leidensweg begonnen hatte. Peter weinte, als er sagte, dass ihr Tod letztlich auch ihr Leiden beendet hatte. Dann hielt er in seiner Erzählung inne. Er sah zu Boden und sagte: „Wegen mir musste Marion leiden! Durch meine Herzlosigkeit habe ich ihr gutes Herz zerstört".

Als Sabine am Mittwochvormittag wieder bei der Polizei anrief, war Marion tot und Peter lag mit seinem Oberkörper auf dem kalten Leichnam. Zwei Polizeibeamten fuhren zu Marions und Peters gemeinsamer Wohnung und ließen sich vom Hausmeister die Wohnungstür öffnen. Auf dem Esstisch fanden die Polizisten ein Buch über den Tödi. Es dauert noch einen Tag, bis die Bergrettung in Linthal über die beiden am Tödi vermissten Deutschen informiert wurde. Peter hatte zu diesem Zeitpunkt bereits eine Nacht neben seiner toten Freundin gelegen und war selbst inzwischen so unterkühlt, dass er keine weitere Nacht überleben würde.

„Um vier Uhr morgens sind wir losgelaufen. Direkt an der Hütte beginnen zwei Pfade, von denen der eine zur Grünhornhütte führt, der andere nach wenigen Metern an der Winterhütte endet. Es war natürlich noch dunkel um diese Uhrzeit. Dass der linke Weg nur zur Winterhütte führte, konnte man in der Dunkelheit nicht erkenne. Da ich schon am Vorabend nach dem richtigen Weg Ausschau gehalten hatte, wusste ich, dass wir den rechten Weg nehmen mussten. Also ging ich nach rechts. Aber Marion wollte immer selber entscheiden. Anstatt darauf zu vertrauen, dass ich den richtigen Weg kenne, blieb sie stehen und fragte, ob ich mir sicher sei, dass es nach rechts ginge. ‚Natürlich bin ich mir sicher', sagte ich. Im Stillen ärgerte ich mich wahnsinnig darüber, dass Marion gefragt hatte. Ich fühlte mich Marion gegenüber nämlich fast immer unterlegen. Sie bekam die besseren Jobs, wusste mehr und war emotional klüger; was es auch war, immer und in allem war sie die bessere und erfolgreichere. Der einzige Bereich, in dem ich mich ihr nicht unterlegen fühlte, war die Bergsteigerei. Vom Bergsteigen hatte ich Ahnung. Viele Jahre schon ging ich in die Berge, hatte schon viele schwierige Routen in Fels und Eis gemacht. Als Marion nun fragte, ob ich mir mit dem Weg sicher sei, fühlte ich plötzlich auch in der Bergsteigerei meine Fähigkeiten in Zweifel gezogen. Ein großer Groll gegen Marion stieg in mir auf. Mit jedem Schritt wurde dieser Groll größer. Als wir die Hälfte des Weges zur Grünhornhütte hinter uns hatten, platzte der Groll aus mir heraus. Ich fuhr Marion an, warum sie an meinen Kompetenzen zweifelte, warum sie nicht einfach mal akzeptieren könne, dass ich auch mal etwas besser wisse."

„Wie hat Marion reagiert?"

„Sie hat geweint."

Als am Donnerstagvormittag die Bergrettung aus Linthal auf der Fridolinshütte anrief, brach der Hüttenwirt sofort auf, um nach den Vermissten zu suchen. Die Bergrettung aus Linthal stieg vom Tal auf und würde gegen Mittag auf der Hütte eintreffen und dann gleich weiter Richtung Tödi gehen. Ein Hubschrauber war angefordert, um aus der Luft den Bifertengletscher abzusuchen.

„Bis zur Grünhornhütte haben wir nichts miteinander gesprochen. Ich spürte, wie sehr ich Marion verletzt hatte. Aber ich konnte mich auch nicht entschuldigen oder sie einfach in den Arm nehmen. Was ich gesagt hatte, hatte ich sagen müssen. So wie ich sie verletzt hatte, hatte auch sie mich verletzt. Zumindest hatte ich ihre Frage, ob ich mir mit dem Weg sicher sei, als Verletzung empfunden. Wenn ich doch nur die Uhr zurückdrehen könnte, noch einmal mit Marion von der Fridolinshütte aufbrechen. Wie konnte ich nur so gemein sein. Sie hat mich mehr geliebt als alles andere, mehr als sich selbst. Nie hätte sie mich verletzten wollen, niemals."

„Habt ihr euch an der Grünhornhütte ausgesprochen?"

„Nein. Ich konnte nicht und wahrscheinlich wollte ich auch nicht. Mein Ego war trotzig und in seinem Stolz gekränkt. Andererseits war es für mich auch unerträglich, dass wir nicht miteinander sprachen. Also begann ich ein Gespräch über Belangloses, über das Wetter und den Weiterweg von der Grünhornhütte hinunter auf den Gletscher."

An der Grünhornhütte wartete der Wirt der Fridolinshütte auf die Männer, die von Linthal heraufkamen. Sie trafen eine halbe Stunde nach ihm ein. Von hier gab es ein Stahlseil hinunter auf den Bifertengletscher. Da der Gletscher stark zurückgegangen war, endete das Seil inzwischen einige Meter oberhalb des Gletschers. Um auf den Gletscher zu gelangen, musste man durch unzuverlässiges Gestein abklettern. Die Randkluft war in diesem Jahr besonders breit. An der letzten Verankerung des Stahlseiles befestigte die Bergrettung ein Seil um in der tiefen Spalte zwischen Felswand und Gletscher nach den Vermissten zu suchen. Einer der Männer von der Bergrettung seilte sich bis etwa zehn Meter unterhalb der Gletscheroberfläche in die Randkluft ab. „Wenn die hier heruntergestürzt sind, dann müssten Spuren von ihnen zu sehen sein", rief er nach oben. „Unter mir wird es so schmal, da können die unmöglich durchgerutscht sein!".

„Hat Marion denn versucht, eure Auseinandersetzung noch einmal anzusprechen?"

„Nein! Marion hat es einfach hinuntergeschluckt. Aus Liebe zu mir hat sie den Schmerz über die Verletzung, die ich ihr zugefügt hatte, verdrängt. Wir unterhielten uns, als ob nichts vorgefallen wäre. Wir stiegen hinunter auf den Gletscher und hielten uns Richtung Gelbe Wand. Dass aber überhaupt nichts gut war, dass weder bei Marion noch bei mir der Schmerz und der Ärger verflogen waren, zeigte sich am Einstieg in den Klettersteig, der durch die gelbe Wand führt. Ich höre noch deutlich dieses unheimliche Donnern in der Entfernung. Ich wusste, dass es unmöglich ein Gewitter sein konnte. Irgendetwas Großes musste sich irgendwo weit über uns gelöst haben und stürzte nun in die Tiefe. Ich stand am Rand des Gletschers, direkt unter der Felswand, durch die es hinaufging. Marion stand etwas entfernt auf dem Gletscher. Die Distanz zwischen Marion und mir hatte der Streit geschaffen. Hätte ich nicht so viel Kälte gezeigt, wäre sie neben mir gestanden. Das Donnern änderte seine Klangfarbe; aus der unbestimmbaren Dumpfheit in der Ferne wurde ein deutliches Poltern, das näher kam und sich vervielfältigte. Ich wusste, dass ich durch die Felswand vor Stein- und Eisschlag geschützt war; aber Marion stand nicht unter der Felswand, sondern auf dem Gletscher, ungeschützt.

Ich schrie nach ihr, aber die Eislawine war schneller als Marion. Eisstücke, so groß wie Kanonenkugeln kamen aus dem Himmel geflogen. Marion rannte, so schnell sie mit Steigeisen rennen konnte. Als sie auf halbem Weg zu mir war, schlugen die ersten Eisklötze neben Marion ein. Ein großes Eisstück traf sie an der Schulter und ließ sie zusammensacken. Zehn Meter von mir entfernt lag Marion reglos auf dem Eis. Ein zweites Eisstück schlug auf ihrer Hand ein. Ich rannte in den Eishagel hinaus und zerrte Marion unter die sichere Felswand. Wenig später hörte das Poltern auf. Marion kam wieder zu sich. Hand und Schulter taten ihr weh. An der Schulter würde es nur einen blauen Fleck geben, aber das Blut an Marions Handgelenk ließ Böses ahnen. Beim Ausziehen des Handschuhs verzog Marion vor Schmerzen das Gesicht. Zeige- und Mittelfinger waren von dem scharfen Eisstück aufgeschnitten worden und bluteten stark. Ich holte das Verbandszeug aus dem Rucksack."

„Ist irgendetwas in der Gelben Wand zu sehen", brüllte der Hüttenwirt in das Funkgerät" und presste dann das Funkgerät an sein Ohr, um die Antwort zu verstehen. Der Hubschrauber war direkt über der Rettungsmannschaft und suchte den steilen Felssporn ab, der an dieser Stelle den Bifertengletscher zum Ausweichen und Aufreißen zwingt. Früher ging der Aufstieg rechts des Felssporns durch einen schmalen Eisschlauch, die so genannte Schneerunse. Mit dem Rückgang des Eises war auch die Schneerunse abgeschmolzen. Seither steigt man über den steilen und von Schutt durchzogenen Felssporn, die Gelbe Wand, auf den oberen Teil des Bifertengletschers. „Nichts zu sehen", war die Antwort, „fliegen weiter Richtung Gipfel und suchen den Gletscher oberhalb der Gelben Wand ab". Das laute Geknatter der Rotorblätter entfernte sich. „Kommt mal hier her! Ich habe etwas gefunden!" Es war die Verpackung des Verbandmaterials, mit dem Peter Marions Hand versorgt hatte. „Wir müssen die Randkluft absuchen!" Die ersten vierzig Meter der Gelben Wand sind Klettergelände. Die Eisenstifte und Eisenklammern reduzieren die Schwierigkeiten, aber nicht die Gefahren. Unter der Wand klafft ein tiefer, dunkler und kalter Schlund. Wer sich an den Stiften nicht mehr halten kann, den schluckt der Gletscher. An Eisenklammern und Haken gesichert, wird der Hüttenwirt in den Spalt hinabgelassen. Das

Schmelzwasser läuft ihm über den Helm, in den Kragen und in die Jackenärmel. Er hört das Rauschen des Gletscherbaches weit unter sich. Er knipst die Stirnlampe an und leuchtet nach unten, nach links und rechts.

„Ich war froh, Marion nicht in die Augen sehen zu müssen. Ich musste ja auf ihre Hand sehen, die ich verband. Wir gehen zurück, sagte ich. Mit der kaputten Hand kannst du nicht weiter gehen. Die Wand hinauf brauchst du deine Hand. Mit der kaputten Hand kannst du dich nicht richtig festhalten. Ich sagte das alles, ohne Marion anzusehen. Als der Verband fertig war, sah ich ihr in die Augen und wusste, dass wir nicht umkehren würden. „Es wird schon gehen", sagte Marion und lächelte. Hätte ich Marion, als sie noch lebte, so geliebt wie ich sie heute liebe, dann wären wir umgekehrt. Mein Blick hätte ihrem Blick standgehalten. Meine Liebe zu ihr wäre so stark gewesen wie ihre Liebe zu mir. Ich wusste natürlich, dass sie nur um meinetwillen weitergehen wollte. Meine Einwände kamen nicht aus dem Herzen. Meine Liebe war zu schwach, deswegen habe ich Marion verloren; deswegen ist sie gestorben. Hätte ich sie genug geliebt, wären wir um ihretwillen umgekehrt. So aber gingen wir um meinetwillen weiter, ohne dass ich meinen Willen zum Weitergehen geäußert hätte. Die Eisenstifte und -klammern waren weit voneinander entfernt. Ich kletterte so nah bei Marion, dass ich noch ihre Hand greifen konnte. Ich spürte, wie stark sie sich darum bemühte, mich nicht merken zu lassen, wie viel Kraft sie dieses Klettern kostete und wie groß der Schmerz in ihrer Hand war. Ich sah sie klettern und fürchtete bei jedem Schritt, den sie tat, dass sie abrutscht und vor meinen Augen über die Felswand hinabstürzt und in der Randkluft verschwindet. Wenn sie bemerkte, dass ich sie ansah, schaute sie auf und lächelte mich an. Ich war erleichtert, als wir die Kletterei hinter uns hatten und wieder auf dem Gletscher standen. Da es schon spät im Jahr war, lag hier kein Schnee mehr auf dem Gletscher. Wir mussten nicht anseilen. Erst weiter oben wurde es mit den Spalten gefährlich. Als ich Marion vorgeschlagen hatte, auf den Tödi zu gehen, hatte sie mich gefragt, ob es zu zweit auf dem Gletscher nicht zu gefährlich sei. Ihr wäre es lieber, wenn uns eine dritte Person begleiten würde, hatte sie gesagt. Sie allein könne mich unmöglich mit dem Seil halten, wenn ich in eine Spalte falle. Sie hatte natürlich Recht gehabt. Aber darum bemüht, eine dritte Person zu finden, habe ich mich nicht. Etwa vierhundert Höhenmeter unterhalb des Gipfels seilten wir an. Ab hier lag Schnee auf dem Gletscher und verdeckte die Spalten."

„Auf dem Gletscher ist niemand zu sehen!" „Habt ihr die Seracs abgeflogen?" „Im Gletscherbruch oberhalb der Gelben Wand haben wir alles abgesucht. In den Spalten liegt niemand, auch kein Rucksack oder so. Weiter oben können wir nicht in die Spalten sehen, weil Schnee drüber liegt. Fliegen hinüber auf die Südseite und suchen dort!"

Marion und Peter waren schon wieder auf dem Abstieg, als sie in die Spalte stürzten. Auf dem Gipfel hatte es stark gewindet, so dass sie nur eine kurze Rast gemacht hatten. Peter ließ Marion vorangehen. Zweimal wich sie von der richtigen Spur ab, so dass Peter und Marion wieder ein Stück zurückgehen mussten. Als Marion das dritte Mal falsch ging, übernahm Peter die Führung. Auch wenn die Mittagssonne den Schnee inzwischen aufgeweicht hatte und dadurch die Aufstiegsspuren nicht mehr gut zu erkennen waren, fand Peter den richtigen Weg. An der Helligkeit des Schnees sah er, ob sich unter dem Schnee eine Spalte verbarg oder nicht. „Seil straff" und „Spalte" rief er zu Marion, wenn eine Spalte kam. Einmal straffte sich das Seil, ohne dass Peter gerufen hatte. Marion wurde mit dem Gesicht voraus in den Schnee gerissen und vom Seil über den Gletscher gezogen. Peter war nirgends zu sehen. Wo er gerade noch gestanden hatte, war ein Loch im Schnee. Da Marion mit dem Kopf voraus auf dieses Loch zurutschte, konnte sie den Pickel nicht ins Eis schlagen, um den Sturz zu bremsen. Es dauerte nur wenige Sekunden, dann war auch Marion verschwunden.

Da es nicht geschneit hatte, konnte die Rettungsmannschaft die Spuren im Gletscher noch erkennen. Da es mehrere Spuren gab, teilte man sich in drei Gruppen auf. Der Hubschrauber war inzwischen wieder von der Südseite herüber gekommen. Bald war das Loch gefunden, in das Peter und Marion gestürzt waren.

„Kannst du mich hören, Marion? Sag doch was!' Sie lag auf der Seite, ihr Kopf war von mir weggedreht. Ich wusste nicht, wie schwer sie verletzt war. Sie war ja mit voller Wucht auf dem Spaltengrund aufgeschlagen. Es waren gut zwanzig Meter, die sie gestürzt war. Ich hatte nur ein paar Prellungen abbekommen. Im Gegensatz zu Marion war ich ja nicht gestürzt, sondern gerutscht. Sie hatte meinen Weg in die Spalte verlangsamt und ich hatte ihren Weg in die Spalte beschleunigt. Jetzt lag sie neben mir und ich wusste nicht, ob sie tot war oder noch lebte. Sie bewegte sich nicht und zeigte keine Reaktion auf mein Rufen. Ich wollte ihren Kopf nicht drehen, um in ihr Gesicht zu sehen, da ich Angst hatte, ihr dadurch die Wirbelsäule zu verletzten. Wahrscheinlich war sie mit dem Rücken auf dem Eis aufgeschlagen. ‚Marion, bitte sag doch was! Marion!' Ich wollte ihren Puls messen, kam aber nicht an ihre Handgelenke. Vorsichtig berührte ich ihren Kopf und tastete langsam nach der Halsschlagader. Ich hatte so schreckliche Angst davor, keinen Puls zu spüren. Ich fühlte die Wärme ihres Gesichts an meinen Fingerkuppen. Langsam glitten meine Finger über ihr

Kinn. Wenn sie nun nicht mehr lebt, dachte ich? Auch wenn ihr Herz nicht mehr schlägt, kann ihr Gesicht noch warm sein! Ich wagte es nicht, an ihren Hals zu fassen. Ich wollte nicht die Stelle berühren, an der ihr Puls zu spüren war, da ich Angst davor hatte, nichts zu spüren. Meine Finger verharrten über ihrer Halsschlagader und zitterten. Was ist, wenn da nichts ist, kein Schlagen mehr, nur noch Wärme ohne Leben? Ich legte meine Hand auf ihre warme Wange und erinnerte mich an das schöne Gefühl, wenn sich Marion mit ihrer Wange an meine schmiegte. Dann fasste ich an ihre Halsschlagader und spürte ihr Herz schlagen."

„Ist dort unten jemand? Hallo! Hallo! Es antwortet niemand! Baut dort vorne im Eis eine Verankerung und lasst mich dann in die Spalte ab! Und jemand soll dem Hubschrauber Bescheid geben, dass er landen soll!"

„Wie schwer Marions Verletzungen waren, erfuhr ich erst später. Als wir in der Spalte lagen, klagte Marion nur über Schmerzen in der linken Schulter und über Atembeschwerden. Im Bericht des Arztes stand, dass Marion eine ausgekugelte Schulter, mehrere Rippenbrüche, einen Anriss des linken Schien- und Wadenbeines, starke Prellungen am ganzen Körper sowie Schnittwunden an der rechten Hand gehabt hatte. ‚Wir schaffen das', sagte ich zu Marion. ‚Spätestens wenn du Dienstag nicht bei der Arbeit erscheinst, werden die uns suchen.' ‚Bis Dienstag ist es aber noch einen Tag', sagte Marion. Ich wusste, dass nicht die Tage das Problem waren, sondern die Nächte. Auch wenn wir hier in der Gletscherspalte vor Wind und Wetter geschützt waren, würde die Temperatur in den Nächten doch unter den Gefrierpunkt sinken. Wir hatten keine Schlafsäcke und keine Decken. Jeder von uns hatte ein dickes Unterhemd, einen Pullover und eine Windjacke, mehr nicht. Unsere Bekleidung war warm genug für einen Tag auf einem hohen Berg in den Alpen, nicht warm genug für mehrere Nächte in einer Gletscherspalte. ‚Hier unten in der Spalte ist es wesentlich wärmer als draußen', sagte ich zu Marion, um ihr Mut zu machen. ‚Wir haben noch Salzbrezeln, Schokolade und Wasser so viel wir wollen. Die eine Nacht stehen wir locker durch.' Ich band Marion und mich aus dem Seil aus und legte es zusammen mit den Rucksäcken unter uns, damit wir gegen die Kälte von unten geschützt waren. Durch das kleine Loch, durch das wir in die Spalte gestürzt waren, sahen wir den blauen Himmel. Wir sahen zu, wie er allmählich seine Farbe verlor und wie es dunkel wurde. Ich hielt Marion im Arm und versuchte sie zu wärmen. Hier unten in der Spalte war es dunkler als die schwärzeste Nacht. Marion schlief ein. Ich lauschte auf ihren ruhigen Atem und suchte in der Finsternis über mir nach Sternen. Sind nicht die Sterne genauso weit von unserer Welt entfernt wie Marion und ich hier unten? Als Marions Atem immer langsamer wurde, schüttelte ich Marion: ‚Aufwachen, Marion! Du musst aufwachen!' Sie jammerte leise auf. ‚Nicht schlafen! Du unterkühlst sonst!' ‚Aber ich bin doch so müde', sagte Marion leise, ‚ich bin so müde'. Es dauert lange, bis Marion die Augen öffnete. Als ich Marion warm reiben wollte, schrie sie vor Schmerz. Die erste Nacht in der Gletscherspalte verging zwischen Wachen und Schlafen. Ich sah, wie die Sterne verschwanden und der kleine runde Himmel über uns wieder blau wurde. Ich weckte Marion und frage, wie es ihr ginge. Sie nickte und lächelte mich an. Ich lief in der Gletscherspalte hin und her, um mich aufzuwärmen. Ich gab ihr von den Salzbrezeln. Sie aß langsam und schaute mir immer wieder in die Augen. ‚Es wird alles gut', sagte ich und streichelte ihr Gesicht. Sie nickte, lächelte mich an und kaute langsam weiter. Den Tag über sprach Marion nur selten.

Immer wieder schlief sie ein und ich bemerkte, wie sich dabei ihr Atem immer stärker verlangsamte. Es wurde immer schwieriger, Marion wach zu halten. ‚Bitte, Marion, du darfst nicht einschlafen! Es kommt sicher bald jemand! Du musst durchhalten. Wenn man uns heute nicht findet, dann sicher morgen.' Marion fuhr mir über die Haare und nickte. Das Licht, das durch unser Gletscherfenster fiel, wurde weniger. Der Tag neigte sich dem Ende und die Nacht zog herauf. Marion war wieder eingeschlafen. Ich wollte sie wecken, um ihr etwas zu essen zu geben, als ihr Körper von einem starken Zittern erfasst wurde. Ich nahm Marion fest in die Arme, aber das Zittern hörte nicht auf. ‚Marion, Marion', rief ich, aber sie öffnete die Augen nicht. Ich schüttelte sie – keine Reaktion. Auch als ich begann, sie mit den Händen warm zu reiben, regte sich Marion nicht, obwohl das Reiben ihr starke Schmerzen bereiten musste. Dann plötzlich stöhnte Marion. Bis sie die Augen aufschlug, dauerte es noch einige Minuten. ‚Nur noch eine Nacht, Marion, nur noch diese eine Nacht musst du durchhalten!' Marion sah mich mit müden Augen an: ‚Nur noch eine Nacht?', fragte sie. ‚Nur noch diese Nacht! Ich verspreche es!' Langsam und zitternd hob Marion ihren Arm und strich mit ihrer Hand über meine Wange: ‚Unsere letzte Nacht?' ‚Ja, es ist unsere letzte Nacht hier drin.' Als ich sah, dass Marion mir einen Kuss geben wollte, neigte ich mich zu ihr und küsste sie."

„Hier unten sind sie! Schnell, lasst mich weiter runter! Ich brauche einen zweiten Mann hier unten! Bereitet die Trage vor und gebt dem Hubschrauber Bescheid!"

„Hast du bemerkt, dass die Rettungsmannschaft kommt?"

„Nicht sofort. Erst als einer von der Bergrettung meinen Namen mehrmals hintereinander dicht neben mir rief. Ich hatte ja schon die dritte Nacht in der Spalte hinter mir und war schon ziemlich entkräftet. Dass ich die Nacht von Mittwoch auf Donnerstag überhaupt noch überlebt habe, ist ein Wunder. Nachdem Marion gestorben war, gab es keinen Grund mehr, gegen den Tod zu kämpfen. Mit Marion hatte mich auch alle Kraft und Energie verlassen. Ich blieb einfach neben Marion liegen. Ich lief nicht mehr hin und her, um mich aufzuwärmen, aß nichts mehr. Mein Lebenswille war versiegt. Ich lag nur noch neben Marion und gab mich dem Schlaf hin."

„Ihr könnt schon mal die Frau hochziehen. Ich suche so lange nach dem Mann."

Die Bergrettung fand Peter fast zwanzig Meter von Marion entfernt. Er hatte sich bis zum Rand eines großen Loches geschleppt, in dem das Schmelzwasser tosend verschwand.

## Des Kaisers neue Zeiten
*Das Leben ist tot, es leben die Zahlen!*

Weder kann der Mensch aus seiner Haut noch aus der Welt, in der er existiert. Wie die Welt, so der Mensch, der in ihr geboren wird und in ihr stirbt. Alles, was der Mensch tut und denkt, trägt die Farbe der Welt, die ihn umgibt und die er sich selbst gestaltet. Wie eine Welt ist, zeigt sich in dem, wie der Mensch isst und trinkt, schläft und wacht, liebt und hasst. In jeder Lebensäußerung des Menschen werden die Normen und Werte seiner Welt offenbar. Wie und was der Mensch tut und denkt, entspricht dem Wie und Was der Welt, in der er lebt.

Dass es Menschen gibt, die klettern, und wie diese Menschen klettern, entspricht der Welt des einundzwanzigsten Jahrhunderts nicht mehr und nicht weniger als dass es Menschen gibt, die nach Wachstum und Erfolg streben. Klettern und Bergsteigen sind Tätigkeiten, in denen dieselben Normen und Werte gelten wie in der Wirtschaft, im Arbeitsleben oder in der Politik: höher, schneller, weiter, mehr. Die Steigerung bedarf des Vergleichs und der Vergleich wünscht sich die Zahl. Beim Klettern sind es je nach Land die Zahlen eins bis neun, eins bis zwölf, vier bis sieben, elf bis dreiunddreißig usw. Je größer die Zahl, desto höher die Schwierigkeit. Je größer die Schwierigkeit, desto besser der Kletterer. Wo die Kletterschwierigkeit als Vergleichsbasis nicht genügt, um die Steigerung gegenüber sich selbst und gegenüber anderen sich selbst und anderen demonstrieren zu können – auch das ‚Demonstrieren', das Veröffentlichen ist ein wichtiges Merkmal unserer Welt –, sucht sich der Kletterer und Bergsteiger in anderen Bereichen Zahlen zum Vergleich: Die Höhe einer Wand oder eines Berges in Metern, die Dauer für die Durchsteigung in Stunden, Minuten und Sekunden. 125 000 verkaufte Autos, 12.3% der Wählerstimmen, 9.58 Sekunden für hundert Meter, 8.13 Minuten für den Kaiserweg am Schaufels im Donautal. Beim Klettern nicht anders als in der Wirtschaft, in der Politik, im Profisport. Nicht die subjektive Dauer, nicht die erlebte Zeit, sondern die in Zahlen verobjektivierte Zeit zählt. Der zu publizierende Sinn des Lebens besteht im Zählen und im Vergleich von Zahlen. Die Dauer des Erlebten dagegen hat keine Zahl und zählt deswegen in dieser Welt genausowenig wie die kurzen Momente der subjektiven Ewigkeit, die sich jeder objektiven Fixierung durch Zahlen entziehen.

8 Minuten und 13 Sekunden für die Durchsteigung des Kaiserweges im Donautal sind Zahlen, die zählen, da es sich beim Kaiserweg um eine mehr als 150 Meter lange Kletterroute im Schwierigkeitsgrad 5 bis 7 handelt, für die normale Kletterer zwei bis drei Stunden benötigen. 8.13 min. für den Kaiserweg ist daher in einer Welt, in der es um das Höher, Schneller, Weiter, Mehr geht, äußerst publikationswürdig. Genauso publikationswürdig wie beispielsweise die gesteigerten Absatzzahlen in der Automobilbranche. Bedauerlicherweise gibt es nach Henri Bergson „keinen Berührungspunkt zwischen dem Unausgedehnten und dem Ausgedehnten, zwischen Qualität und Quantität". 8.13 für den Kaiserweg ist eine tolle Zahl, aber als Zahl ein totes Etwas ohne Qualität. Für Qualität sind 8 Minuten, 13 Sekunden viel zu kurz. Qualität braucht Zeit und Worte. Anstatt die Zeit zu raffen und damit auch das Leben zu verkürzen, gilt es die Zeit so lang zu dehnen, bis sie still steht. Übertragen auf den Kaiserweg bedeutet das, nicht möglichst schnell, sondern möglichst langsam zu klettern.

Mit dem Ziel, den Kaiserweg so langsam wie möglich zu durchsteigen, begab ich mich an einem außergewöhnlich heißen

Sommertag an den Fuß des Schaufelsens. Da ich jedoch schon die Anreise ins Donautal so langsam wie möglich gestaltete, hatte der heiße Sommertag beträchtlich an Helligkeit und Hitze verloren, als ich im Donautal ankam. Ich war zwar frühzeitig aufgestanden, hatte dann aber ab dem Aufstehen jede Bewegung auf ein Zehntel der normalen Geschwindigkeit reduziert bzw. mir für jede Tätigkeit die zehnfache der normalen Zeit zugestanden. Den Tee ließ ich statt vier Minuten vierzig Minuten ziehen, das Zähneputzen dauerte eine halbe Stunde anstatt der üblichen drei Minuten – in Anbetracht des hartnäckigen Belags, der sich aufgrund der langen Ziehzeit des Tees auf meinen Zähnen gebildet hatte, bedurfte es in der Tat dreißig Minuten, bis meine Zähne ihre ursprüngliche Farbe wieder erhielten. Auch für die achtzig Kilometer Wegstrecke ins Donatal legte ich den Faktor zehn an. Die Überlegungen, wie ich die eine Stunde Anreise auf zehn Stunden Anreise dehnen konnte, ohne das Auto zu benutzen, scheiterten ausnahmslos an meinem schlechten Ausdauerzustand. Wäre ich besser trainiert gewesen, wäre ein Dreirad das optimale Fortbewegungsmittel gewesen, um es in zehn Stunden bis ins Donautal zu schaffen. So aber musste ich das Auto nehmen. Das Auto hatte gegenüber dem Dreirad den Vorteil, dass ich meinen Kletterpartner mitnehmen konnte.

Schon bald nachdem ich losgefahren war, wurde mir klar, wie schlecht ich mein Unternehmen vorbereitet hatte. Ich hatte zwar Proviant für mehrere Tage eingepackt, darüber aber gänzlich versäumt, ausreichend Oropax mitzunehmen. Dieses Versäumnis brachte mir einen schweren Gehörschaden ein, an dem ich sicher bis an mein Lebensende leiden werde. Da sich nämlich aus der Reduktion der durchschnittlichen Reisegeschwindigkeit um den Faktor zehn eine maximale Geschwindigkeit von 8 km/h ergab, war ich für die übrigen Autofahrer ein Verkehrshindernis. Die ganze zehn Stunden während Autofahrt wurde ich angehupt. Eine kurze Huppause gab es nur, als ich in einer Werkstatt einen Zwischenstopp einlegen musste. Dadurch, dass der Wagen selbst im Standgas schneller als 8 km/h fuhr, musste ich immer wieder entweder kuppeln oder bremsen, was dazu führte, dass sowohl Brems- als auch Kupplungsbeläge überhitzten. Auf die Empfehlung des Werkstattmechanikers hin erhöhte ich meine Durchschnittsgeschwindigkeit auf 12 km/h, also auf die Geschwindigkeit, mit der mein Auto im Standgas fährt. Da ich ja geraume Zeit in der Werkstatt verbracht hatte, änderte auch die von 8 auf 12 km/h erhöhte Geschwindigkeit nichts an meiner für die Anreise anvisierten Langsamkeit. Da es schon dämmerte, als wir im Donautal ankamen, war an einen Einstieg in den Kaiserweg nicht mehr zu denken. Schließlich bestand mein Ziel nicht darin, den Kaiserweg umnachtet, sondern langsam zu klettern.

Am folgenden Morgen standen wir bei Tagesanbruch auf und begaben uns in normaler Geschwindigkeit vom Parkplatz an den Wandfuß des Schaufelsens. Die Erfahrung des gestrigen Tages hatte uns gelehrt, dass einerseits eine Ausweitung des Prinzips der Langsamkeit auf Aktivitäten, die nicht unmittelbar das Klettern des Kaiserweges betreffen, und dass andererseits eine zu langsame Langsamkeit letztlich den Plan der langsamsten Begehung des Kaiserweges gefährden, da wir dadurch schon vor der Kletterei so langsam werden, dass wir erst gar nicht zum Klettern kommen.

So wie uns die körperlichen Voraussetzungen für die schnellste Begehung des Kaiserweges fehlten – weder Kraft noch Technik waren ausreichend vorhanden –, so fehlten uns auch die körperlichen Voraussetzungen, um sehr langsam, quasi in Zeitlupe, klettern zu können. Denn der Kraftaufwand für das lange

Halten eines Griffes, das langsame Durchdrücken des Beines oder einen langsamen Klimmzug ist im Vergleich zum Halten, Drücken, Ziehen in normaler Geschwindigkeit um den Faktor zehn erhöht. Ich und mein Kletterpartner waren jedoch weit davon entfernt, zehnmal stärker zu sein als der durchschnittliche Kletterer des Kaiserweges. Die langsamste Begehung durch langsamstes Klettern kam für uns deshalb nicht in Frage. Eine andere Lösung musste her. Wir mussten schummeln!

Schon beim Anlegen der Klettergurte schummelten wir lange herum. Auch das Anziehen der Kletterschuhe war eine zeitintensive Schummelei. Nachdem wir am Einstieg gut und gerne eine Stunde herumgeschummelt hatten, begann mein Kletterpartner Andreas mit der ersten Seillänge. Mit der ersten Seillänge würde er auch die dritte und die fünfte Seillänge, also alle leichten Seillängen klettern. Ich würde die schweren Seillängen, die zweite und die vierte Seillänge klettern. Da ich der schlechtere Kletterer von uns beiden bin und die Schwierigkeiten in der zweiten und vierten um viele Grade über meinen Kletterfähigkeiten liegen, war durch diese Aufteilung gewährleistet, dass ich in den schweren Seillängen, die ich aufgrund ihrer Schwierigkeit unmöglich klettern konnte, sehr sehr langsam sein würde. Andreas bemühte sich auf ganz andere Art, seine leichten Seillängen möglichst langsam hinter sich zu bringen. So startete er die erste Seillänge mit nur zwei Expressschlingen zum Zwischensichern. Da das Kaiserweg vor etlichen Jahren saniert und mit für das Donautal überdurchschnittlich vielen Haken ausgestattet worden war, gingen Andreas schon nach fünf Klettermetern die Expressschlingen aus. Da er verständlicherweise die nächsten dreißig Meter nicht ohne Zwischensicherung klettern wollte, hängte er sich erst einmal in den Haken und dachte nach. Während Andreas nachdachte, schummelte ich etwas an den kleinen Informationstäfelchen, die am Einstieg angebracht waren, herum. Aus den ‚Dohlen', die ein halbes Jahr lang im Kaiserweg wohnen, machte ich ‚Polen', aus der ‚Vegetation' machte ich ‚Frustration'. Als ich gerade dabei war, mir die nächste Schummelei auszudenken, rief mir Andreas von oben seine Lösung des Expressschlingenproblems zu: Ich solle ihm Expressschlingen zuwerfen. Gerne tat ich das. Gleich beim ersten Wurfversuch warf ich daneben. Die Expressschlingen fielen zuerst an Andreas, dann an mir vorbei und kullerten den steilen Waldboden hinab. Ich band das Seil, mit dem ich Andreas sicherte, an einen Baum und begab mich auf die Suche nach den Expressschlingen. Als ich eine halbe Stunde später das Gesuchte gefunden hatte und Andreas wieder ins Seil nahm, klagte er über Gefühllosigkeit in den Beinen. Natürlich konnte er so unmöglich weiterklettern. Ich ließ ihn also ab, was den Vorteil hatte, dass ich mir einen zweiten Wurfversuch mit den Expressschlingen ersparte und ich Andreas die Schlingen direkt an den Gurt hängen konnte. Als Andreas seine Beine wieder spürte, war es Mittag. Er stieg noch einmal in die erste Seillänge ein und kam ohne weitere Zwischenfälle am Stand an. Ich stieg nach und begann mit dem Vorstieg der zweiten Seillänge. Die zweite Seillänge besteht aus einem langen Quergang nach links. Vor dem Quergang muss weit genug gerade hinauf geklettert werden. In der Möglichkeit, mich zu versteigen und an der falschen Stelle nach links zu klettern, witterte ich meine große Chance zur Dezeleration. Gedacht, getan. Etwa vier Meter zu früh querte ich schwierig nach links zu einem ersten und zu einem zweiten Haken. An diesem zweiten Haken musste ich ruhen, erstens, weil ich total entkräftet war, zweitens, weil es von diesem Haken aus keinen für mich kletterbaren Weiterweg gab. Rückzug war angesagt. Rückzüge sind immer zeitintensiv.

Bingo! Für den Rückzug musste ich eine Expressschlinge hängen lassen, was ich liebend gerne tat, da die Wiederbeschaffung der Expressschlinge weitere Zeit in Anspruch nehmen würde. Zurück auf der Originalroute kletterte ich vier Meter gerade hinauf, bis an die Stelle, an der nach links zu queren ist. Um mir zusätzlichen Seilzug zu verschaffen – Seilzug macht das Klettern unendlich langsam – platzierte ich einen Klemmkeil so in einem Riss, dass es unendlich viel Zeit und Mühe kosten würde, ihn wieder aus dem Riss zu bekommen. Durch den Klemmkeil wurde das Seil um 90 Grad umgelenkt. Der enorme Seilzug, der sich daraus ergab, sowie die weit über meinen Fähigkeiten liegenden Kletterschwierigkeiten in dieser Seillänge, ließen mich so langsam werden, dass ich erst eine Stunde nach Verlassen des ersten Standes am zweiten Stand anlangte. Andreas war in seiner Dezeleration nicht weniger erfolgreich: Für das Entfernen des von mir gesetzten Klemmkeils benötigte er gut dreißig Minuten. Über die dritte Seillänge will ich lieber nicht sprechen. Sie war ein großer Misserfolg. Viel zu schnell stieg Andreas vor und ich nach. Der Rekord der langsamsten Begehung des Kaiserweges war dadurch ernsthaft gefährdet. Glücklicherweise bot die vierte Seillänge genügend Möglichkeiten, um die gewonnene Zeit wieder zu verlieren. Eine starke Verlangsamung ergab sich dadurch, dass man in dieser Seillänge ein kurzes Stück abklettern muss. Da man als moderner Kletterer nur hinauf, aber nicht abklettern kann, genauso wie Politik, Wirtschaft und Gesellschaft nur wachsen und aufsteigen, aber nicht schrumpfen und absteigen können, war ich durch die Abkletterei völlig überfordert. Ich war nicht in der Lage zu sehen, was unter meinen Füßen war. Es ging nicht anders, Andreas musste mich mit dem Seil einen Meter ablassen. Als es nicht mehr abwärts, sondern nur noch seitwärts ging, konnte ich mich wieder selbständig weiterbewegen, wenn auch langsam. Am Ende des langen Quergangs in dieser vierten Seillänge ging es vor dem Stand noch einige Meter in einem Riss senkrecht hinauf. Dass es in diesem Riss keinen Haken gab, störte mein Sicherheits- und mein Zeitgefühl. Da der Riss zu breit war, um einen Klemmkeil darin zu platzieren, suchte ich lange nach einer Alternative, die ich schließlich in einer zwei Zentimeter dünnen Sanduhr fand. Glücklicherweise hatte das Loch um die Sanduhrbasis einen Durchmesser, der nur unwesentlich über der Stärke der Reepschnur lag, die ich durch dieses Loch fädeln wollte. Denn dadurch, dass die Reepschnur 6 mm dick war und das Loch nur einen Durchmesser von 7 mm aufwies, war es fast unmöglich, die Reepschnur durch dieses Loch zu stecken. Ich verlor dadurch sagenhafte fünfzehn Minuten, was mich dem Rekord der langsamsten Begehung des Kaiserweges schon sehr nahe brachte. Als dann noch Andreas durch das lange Warten am Stand aufgrund der großen Hitze um die Mittagszeit in einer Südwand im Hochsommer völlig dehydriert nur mit größter Mühe und größter Langsamkeit die Seillänge nachsteigen konnte, war uns der Rekord sicher. Sieben Stunden vom Einstieg bis zum vierten Stand waren nicht zu toppen.

Das Sahnehäubchen war die kurze Ausstiegsseillänge, in der es nur alte geschlagene und verrostete Haken und halb durchgescheuerte alte Schlingen gab. Als moderner Kunstwandkletterer – und als moderner Mensch – kann man mit natürlichen Alterungsprozessen nicht umgehen. Was nicht neu, jung, frisch und fest ist, wird ignoriert. Das hatte für diese letzte Seillänge zur Konsequenz, dass es subjektiv keine einzige Zwischensicherung gab, da die alten Haken und Schlingen aufgrund ihres Alters und ihres Aussehens von uns nicht wahrgenommen wurden. Was ähnlich schon für die erste Seillänge gegolten hatte, galt auch für die letzte: Ohne Zwischensicherung geht es entweder gar nicht oder sehr langsam. Da ‚gar nicht' aufgrund des Rekords, den wir aufstellen wollten, ausgeschlossen war, ging es eben langsam, sehr langsam: zweiundvierzig Minuten.

Als ich nach der fünften und letzten Seillänge bei Andreas am Stand ankam, stoppte er die Zeit: 7.42. Nach kurzer Freude über den Erfolg stellte sich Ernüchterung ein. Denn der Erfolg war letztlich ein Misserfolg. Wir hatten zwar das Ziel der langsamsten Begehung des Kaiserweges erreicht, darüber aber ganz vergessen, dass der eigentliche Beweggrund für dieses Ziel nicht die Zeit, sondern der Ausbruch aus der Zeit gewesen war. Anstatt aus der Zeit und aus den Zahlen auszubrechen, hatten wir nur eine weitere Zeitzahl geschaffen. Was war an 7.42 für die langsamste Begehung anders als an 8.13 für die schnellste Begehung des Kaiserweges? 31! Eine Zahl unter Zahlen.

## Vom Kirchturm auf den Höllenhund

*Manchmal muss man weggehen, um zurückzukehren.*

In einem Flecken im Thüringer Wald steht ein Kirchlein. Vom Pfarrhaus die Dorfstraße hinauf. Nach den letzen Häusern links. Dort steht das Kirchlein mit seinem lecken Schiff und einem starken Masten darauf. Vom Dach fallen die Schindeln. Durch die Decke fällt Regen und Schnee und wäscht die Farbe von den Wänden. Der weiße Putz liegt zerplatzt auf dem steinernen Boden. Einmal im Jahr quietscht die Tür in den Angeln. Dann führt von jedem Haus eine Spur durch den Schnee die Dorfstraße herauf, vorbei an den letzten Häusern, der letzten Straßenlaterne und weiter in die Dunkelheit. Dort, wo der Lichtschein der Laterne endet, wird aus den vielen Spuren eine einzige Spur, entsteht an diesem Winterabend für eine Nacht ein neuer Weg. In der Kirche brennen Kerzen und flackern im Wind, der durch die zerschlagenen Fenster weht. Nur die Alten hören die Orgel spielen, sehen die Bänke, die früher hier standen, und denken zurück an ihre Kindheit. Jeden Sonntag saßen sie in dieser Kirche. Wenn der Pfarrer auf der Kanzel stand, blickte er auf sie herab, kontrollierte, was sie unter den Bänken mit ihren Händen taten. Lange schon liegt er auf dem Friedhof, der Pfarrer, der sie konfirmierte. Nun ist sie verfallen, die Kirche, verfallen wie sie selbst. Die Glocken im Turm sind stumm geworden. Vom Damals bleibt nur der Modergeruch der Erinnerung.

Langsam füllt sich das kleine Kirchlein. Der Schnee, der sich über die Trümmer am Boden gelegt hat, wird niedergetreten und schmilzt. Nur die Alten hören das Schlagen des verstummten Glöckleins. Nachdem sein letzter Schlag verhallt ist, schauen alle Augen empor. Durch das Dach sehen sie den Himmel. Und einen Stern.

Eine andere Welt in einer anderen Zeit. Alles hat sich verändert. Auch die Wörter. Und mit den Wörtern die Dinge. Aus DDR wurde BRD, aus Kopfsteinpflaster Asphalt, aus schwarzen Schindeln rote Ziegel. Was gleich geblieben ist, sind ein paar Namen, mein eigener und der Name des Fleckens. Oberhain. Das Land jenseits des Zaunes war eine arme, graue Maschine. Die Menschen darin voller Leben, Freude und Liebe. Mein Land diesseits des Zaunes war satt und war reich. Die Menschen darin liebten den Reichtum und lebten für den Erfolg. Die reiche Gemeinde besuchte die arme Gemeinde, brachte reichhaltig farbige Geschenke in das arme, graue Land. Was wir verschenkten, waren leblose Produkte. Was man uns schenkte, war Liebe und Herzenswärme. Ich fuhr Trabant und ich trank Fassbrause. Wieder zuhause fuhr ich Opel und trank Cola, während Oberhain noch immer Trabant fuhr und Fassbrause trank.

Ein Vierteljahrhundert später gibt es zur Bratwurst noch immer Toastbrot statt Brötchen, und noch immer ist die Scheibe ungetoastet. Aber die Fassbrause suche ich vergeblich. Der Zweitaktmotor ist dem Viertaktmotor gewichen und an einem verlassenen Bauernhof verbleicht der Schriftzug ‚LPG'. Es riecht nicht mehr nach verbrannter Braunkohle, die Häuser sind bunt und die ehemaligen Ladengeschäfte stehen leer.

Zwanzig DM für jeden Tag mussten in Ost-Mark umgetauscht werden. Aber wohin mit dem Geld bei kostenloser Logis und Vollverpflegung in den Gastfamilien? Ich kaufte Bücher, ich kaufte Schallplatten und ich kaufte einen Super-8-Film von der Bastei. Ein Schwarz-Weiß-Film ohne Ton: Menschen stehen auf dem Gipfel einer hohen Felswand; am Fuß der Felswand ein Fluss.

Zwanzig Jahre nach dem Ende des Zwangsumtausches berühre ich diesen Fluss mit den Augen. Die Felswand, auf deren Gipfel ich stehe, ist nicht die nahe Bastei, sondern der Höllenhund. Aus der Gegenwart des Elbsandsteingebirges denke ich zurück an die Vergangenheit des Thüringer Waldes. Und plötzlich spüre ich das Gestern im Heute und bin glücklich. Denn was die Zeiten nicht ändern konnten, ist der Menschen Liebe und Herzenswärme.

# Alpinistische Literatur bei Panico

**Schwarze Steine** / Harald Weiß ISBN 978-936740-09-7
Der düstere Erstling. Alpine Geschichten für Leute, die mitdenken wollen.

**Selig, wer in Träumen stirbt** / Robert Steiner ISBN 978-926807-91-5
Spannend wie ein Krimi, und doch auch poetisch. Und noch dazu wahr.

**Verwegen, dynamisch, erfolglos** / Robert Rauch ISBN 978-926807-48-9
Die schonungslose Abrechnung des bergsteigenden Außenseiters – Kult!

**Westwand** / Malte Roeper ISBN 978-936740-54-7
Wilder Roman um die Erstbegehung des letzten Problems in den Alpen.

**Wir müssen da hoch** / Peter Brunnert ISBN 978-926807-98-4
Der Erstling des kletternden Nordlichts ist der Panico Lese-Bestseller.

**Wirklich oben bist du nie** / Peter Brunnert ISBN 978-936740-29-5
Alpinistische Pleiten, Pech und Pannen und Bilder vom Kletterschpocht.